KB072730

전능의 팔찌

THE OMNIPOTENT BRACELET

김현석 현대 판타지 소설
FUSION FANTASTIC STORY

전능의 팔찌 30

김현석 현대 판타지 소설

초판 1쇄 찍은 날 § 2013년 11월 14일
초판 1쇄 펴낸 날 § 2013년 11월 21일

지은이 § 김현석
펴낸이 § 서경석

편집부장 § 권태완
편집책임 § 박은정

펴낸곳 § 도서출판 청어람
등록번호 § 제1081-1-89호
등록일자 § 1999. 5. 31
어람번호 § 제1-1709호

주소 § 경기도 부천시 원미구 심곡2동 163-2 서경B/D 3F (우) 420-822
전화 § 032-656-4452 팩스 § 032-656-4453
http://www.chungeoram.com
E-mail § E-mail § chungeorambook@daum.net

천능의 팔찌

THE OMNIPOTENT BRACELET

FUSION FANTASTIC STORY
김현석 현대 판타지 소설

청람

CONTENTS

CHAPTER 01
비상! 비상! 비상!

전능의팔찌

THE OMNIPOTENT
BRACELET

타탕! 타타타탕! 타타타타타! 타타타타탕!

쒜에엑! 콰앙! 슈아앙! 콰아아앙!

"이런 미친……!"

통로 저쪽에서 이십여 명의 무장경비원이 들고 있는 화기의 모든 실탄을 기필코 소모시키고 말겠다는 듯 무자비하게 갈겨대고 있다.

현수를 보이지 않은 외계인으로 여기기에 아무 데나 쏜다. 피할 길이 없는 것이다.

새삼스레 살펴보니 좌우와 뒤까지 모두 티타늄 철판으로

둘러싸여 있다. 조금 전 사장실 문 뒤로 티타늄 철판이 내려 질 때 이렇게 된 듯싶다.

그래서 총알과 유탄을 마음껏 갈겨대는 것이다.

티타늄이 아닌 부분은 바닥밖에 없다. 그런데 단단한 암석 으로 이루어져 있다. 누군가 사장실을 침입하려 하였다면 도 주할 길이 완전히 막힌 셈이다.

다급해진 현수는 앱솔루트 배리어 마법으로 빗발치는 총 탄과 유탄의 파편을 막았다.

티팅! 티티티티팅! 티티티티팅! 티티팅!

"저기다! 프레데터가 저기에 있다! 쏴라! 쏴!"

"우와아아아아아아!"

타탕! 타타타탕! 타타타타타! 타타타타탕!

쒜에엑! 콰앙! 슈아앙! 콰아아앙!

1987년에 '프레데터(Predator)' 라는 영화가 개봉되었다.

보호색을 띠고 있어 적어도 숲에선 투명 인간이나 마찬가 지인 외계 생명체와 인간의 사투를 그린 영화이다.

이 외계 생명체는 온몸에 최신식 전자 장치를 장착하여 총 으로도 쓰러뜨릴 수 없는 괴물이었다.

경비원 중 누군가의 눈에 현수가 그렇게 보인 듯하다.

그래서 경비원들은 총알이 튕겨 나오는 배리어 부분뿐만 아니라 복도 전체에 대고 쏘고 있다.

혹시라도 빠져나오면 역으로 자신들이 위험할 수 있다는 공감대가 형성된 모양이다.

"블링크!"

총알을 막아내던 현수의 신형이 경비원들의 뒤쪽으로 이동하였다. 하지만 아무도 이를 눈치채지 못한 듯 여전히 전면을 향해 사격하는 중이다.

"워쇼, 제임스와 가서 총알 좀 더 가져와. 유탄도 넉넉히 가져오고. 참, 총알은 철갑탄으로 가져와. 나머진 실탄이 다 떨어질 때까지 갈겨!"

"네, 대장!"

"알겠습니다. 대장!"

타탕! 타타타탕! 타타타타타! 타타타타탕!

쒜에엑! 콰앙! 슈아앙! 콰아아앙!

수없는 총탄과 유탄이 좁은 복도를 향해 쇄도한다. 그리곤 본연의 임무를 마치곤 장렬히 산화했다.

티타늄 벽에 부딪친 탄두는 끝이 뭉개졌다. 유탄의 파편도 그러하다. 그럼에도 별다른 흠집이 발생되지 못했다.

티타늄 카바이드(Titanium Carbide)라고도 불리는 탄화티타늄으로 만든 것이기 때문이다.

이것의 경도는 탄화텅스텐을 제외하곤 가장 높다.

티타늄과 탄소를 소결하여 얻은 이것은 로크웰 경도계[1]로

측정 시 1,100 이상이 나온다.

경비원들이 죽어라고 쏴댈 때 현수는 유유히 아래층으로 내려가고 있다.

"라이트닝! 라이트닝! 라이트닝!"

번쩍, 콰지직! 번쩍, 콰지지직! 번쩍, 콰지직!

CCTV가 보이는 족족 전기적 충격을 줘 무용지물이 되게 만들었다.

록히드 마틴 본사는 현재 사장실 침입 사건으로 건물 전체에 요란한 경보음이 울려 퍼지고 있는 상황이다.

아울러 총성과 유탄 폭발 소리까지 겹쳐 매우 시끄럽다.

현수가 CCTV를 작살낼 때마다 새로운 경보음이 터져 나오지만 이에 대한 경각심을 가진 이는 드물다.

현재 퍼펙트 트랜스페어런시 마법이 구현되는 중이라 보이지 않기 때문이다. 하지만 열고 닫는 문은 그럴 수 없다.

중앙통제실에 있던 책임자의 눈에 이것이 뜨였다. 아무도 없는데 문이 열리고 닫히는 모습이 보인 것이다.

"저기다! 침입자는 저기에 있다구! 비상! 비상!"

저도 모르게 소리친 사내는 구내 마이크를 들고 방송하기 시작했다.

"모두 들어라! 침입자는 현재 4층 A구역 7세터에 있다. 다

---

1) 로크웰(Rockwel) 경도계 : 공작 재료의 경도(硬度)를 재는 기구. 시험 재료 위에 강철 구슬이나 다이아몬드 송곳을 유압기로 눌러 박아, 이때 생긴 구멍의 깊이를 게이지로 재어 경도를 측정한다.

시 한 번 반복한다. 침입자는 현재 4층 A구역 7섹터에 있다. 아! 이젠 6섹터이다! 경비원은 모두 출동하라!"

계속해서 구내방송이 되고 있지만 사장실 앞은 여전히 사격 삼매경에 빠져 있다. 총성보다 큰 구내방송은 있을 수 없기 때문이다.

"야! 이 미친놈들아! 거기 없다고! 4층 A구역 6섹터에 있어! 젠장! 모든 경비원은 4층으로 집결하라!"

죽어라고 방송하지만 사장실 앞은 여전하다.

타탕! 타타타탕! 타타타타탕! 타타타타탕!

쒜에엑! 콰아앙! 슈아앙! 콰앙! 쒜에엑! 콰아앙!

"어휴! 저런 바보 같은……! 아! 침입자가 계단을 통해 3층으로 내려간다! 통제실은 3층 전 구역을 폐쇄한다! 다시 한 번 반복한다! 침입자는 3층에 있다! 지금 즉시 모든 통로를 폐쇄한다! 이에 대응하라! 대응하라!"

기이이이이잉—! 끼이잉—! 그으으응—! 끼이이잉—!

3층의 모든 출입구에 탄화티타늄 철판이 셔터처럼 내려간다. 그러거나 말거나 현수는 이 문 저 문을 열어보았다. 평범한 사무실처럼 보일 뿐 기밀 사항이 있을 것 같지는 않다.

'흐음! 자료 조사가 너무 미흡했나? 제기랄, 오늘은 어렵겠군. 다음에 다시 와야겠어. 그땐 여기 설계도라도 구한 뒤에 와야겠군. 쩝!'

이런저런 생각을 할 때 모든 통로가 폐쇄되었다.

그와 동시에 건물 외곽 경비까지 모두 집결했다.

그들의 손에는 일반 소총도 있지만 평범하지 않은 것들도 들려 있다.

무기를 만드는 록히드 마틴이니 세상에 발표되지 않은 화기가 있을 법하다.

"흐음! 뭐지? 코일 건이라도 되나?"

문을 열고 들어간 사무실 벽에 부착된 모니터에 우르르 몰려드는 경비원들의 모습을 보고 떠올린 생각이다.

코일 건(Coil Gun)은 하나, 혹은 여러 개의 전자기 코일을 이용하여 고속의 자기 추진력을 발생시키는 발사체 무기의 일종이다.

아직 완성된 것은 아닌지 전선이 길게 연결되어 있다. 발사에 필요한 전력을 얻으려는 의도일 것이다.

이로 미루어 짐작컨대 경비원들의 손에 들린 코일 건의 관통력은 평범한 소총 따윈 견줄 수 없을 듯하다.

모니터를 보니 경비원들은 한곳에 집중되어 있다. 3층에서 2층으로 내려가는 계단 입구이다.

다 닫아놓고 이곳만 열어놓을 생각인 듯싶다.

"쳇! 내가 바본가? 그쪽으로 가게. 그나저나 여긴 어디지? 관제실은 아닌 것 같은데."

고개를 갸웃거리곤 주위를 둘러보았다. 여러 개의 모니터만 있을 뿐 이것들을 컨트롤하는 테이블은 보이지 않는다.

정체불명의 방에 있던 현수는 열어볼 수 있는 모든 문을 열어 안에 무엇이 있는가를 일일이 확인했다.

모두가 보편적인 사무실의 형태이다. 여러 대의 컴퓨터가 있지만 기술과 관련된 것 같지는 않다.

"흐음, 회계부서 쪽인가? 근데 저 모니터는 뭐지?"

고개를 갸웃거렸으나 남의 사무실을 어찌 알겠는가!

"일단 오늘은 철수해야겠군. 텔레포트!"

현수의 신형이 사라졌다. 이곳은 메릴랜드 주 베데스다에 위치한 록히드 마틴 본사 건물이다.

잠시 후, 현수는 뉴욕 포 시즌즈 호텔 객실에 나타났다. 그런데 도착하는 순간부터 초인종 소리가 들린다.

딩동딩동!

"누구시죠?"

"아, 접니다! 그로모프!"

"잠깐만요."

얼른 편한 복장으로 갈아입었다. 침대의 이부자리는 방금 전까지 잤던 것처럼 흐트러뜨려 놓았다. 언제부터 초인종을 누르고 있었는지 알 수 없었기 때문이다.

철컥—!

"아! 어서 오십시오, 교수님!"

"저어, 일행이 있는데……."

"그래요? 그럼 같이 들어오시죠."

문을 더 열자 그로모프의 뒤로 40대 후반으로 보이는 사내가 보인다. 스웨터 차림인데 살짝 앞이마가 벗겨졌다.

어디서 많이 본 듯한 얼굴이다.

"어……! 혹시 블라디미르 보에보트스키 프리스턴대 교수님 아니십니까?"

"하하, 네. 반갑습니다, 이렇게 만나게 되어."

블라디미르 보에보트스키(Vladimir Voevodsky)는 1966년생으로 2002년에 필즈상을 수상한 대단한 수학자이다.

하버드 대학교에서 박사 학위를 받았고, 현재는 프린스턴 대학교 고등학문연구소 종신교수로 재직 중이다.

이번엔 현수가 증명한 '리만 가설'을 검증해 주었다.

리만 가설은 '약수가 두 개뿐인 소수(素數)를 나열해 놓으면 어떤 규칙이 있다'는 것이다.

소수는 무수히 많으며 다음과 같다.

  2, 3, 5, 7, 11, 13, 17, 19, 23, 29, 31, 37, 41, 43, 47, 53, 59, 61, 67, 71, 73…….

많은 수학자가 이걸 규명해 내기 위해 애썼지만 아무도 성공하지 못했다. 물론 현수는 예외이다.

어찌 된 영문이냐는 표정으로 그로모프 교수를 바라보자 기다렸다는 듯 입을 연다.

"어젯밤에 이 친구로부터 전화를 받았습니다. 김현수 씨가 미국에 온다는데 어디에 있는지 아느냐고 하더군요."

"아! 제가 남긴 메시지를 보셨군요."

한국에서 떠나기 전 통화를 하지 못해 메시지를 부탁해 놓았는데 그게 전달된 모양이다.

현수는 미국에 오기 전 그럴듯한 핑곗거리를 만들었다.

본래의 목적은 연방준비은행에 보관 중인 금괴를 가져오는 것이다. 하지만 이건 말할 수 없는 일이다.

그런데 아무런 연고도 없는 이곳에 아무런 목적도 없이 왔다가 그냥 가면 이상하게 여길 사람들이 있다.

현수는 미국에서도 주시하는 상당히 주요한 인물이 된 상태이기 때문이다.

수학 난제를 풀어낸 것, 세계 최고의 두뇌, 그리고 살빼기에 탁월한 효능을 가진 쉐리엔 개발과 항온전투복 고안이 흥미를 끈 것이다.

그렇기에 현수가 인천공항에서 비행기에 탑승하는 순간부터 중앙정보부(CIA), 국가안보국(NSA), 국가정찰국(NRO), 국방정보국(DIA), 에너지부 정보실(IN), 국토안보부(DHS), 국무부 정보조사국(INR), 국가지구공간정보국(NGA) 등 주요 기관들이 주시하고 있었다.

이런 상황이었기에 JFK공항에 당도했을 때 입국심사대를 쉽게 통과할 수 있었던 것이다.

당시 현수를 맡았던 흑인에게 전화를 걸어 즉시 통과하도록 지시한 사람은 DIA국장 루스 해밀턴이다.

현수로부터 항온전투복에 대한 기술을 이전 받기 위해 호의를 베푼 것이다.

마음 같아선 납치라도 하고 싶을 것이다.

하지만 현수가 러시아의 국제협력담당 특임대사로 임명된 외교관 신분이라는 것은 이미 접수된 정보이다.

콩고민주공화국에서도 외교관 신분을 부여했으며, 에티오피아 역시 그런 움직임을 보이고 있다는 것도 안다.

이런 사람을 납치하면 국제 문제가 된다.

확실한 이득이 보장된 것도 아닌데 어찌 그러겠는가!

하여 보고만 있는 상황이다.

아무튼 현수는 이번 미국행을 자신이 풀어낸 난제를 검증해 준 교수들과 만나기 위한 것으로 포장했다.

그러기 위해 미국에 거주하고 있는 둘에게 연락을 했다. 그로모프 교수와는 통화가 되어 어제 만난 것이다.

"김 사장님, 아무리 전화를 드려도 받지 않으셔서⋯⋯. 잠시 실례해도 될까요? 제가 주무시는데 깨운 건 아닌지요?"

"괜찮습니다. 들어오십시오."

문을 조금 더 열자 그로모프 교수와 보에보트스키 교수가 안으로 들어선다.

"아! 아직 시차 적응을 못했을 텐데 우리가 그걸 깜박했습니다. 미안합니다."

"아닙니다. 어차피 일어날 시각인걸요. 앉으세요."

"네, 고맙습니다."

자리에 앉자마자 뭘 주섬주섬 꺼내놓는다. 미진한 구석이 있어서 실례를 무릅쓰고 찾아온 듯싶다.

"내가 먼저 궁금한 걸 물어보겠네."

"그러시죠."

보에보트스키 교수가 흔쾌히 고개를 끄덕인다. 학자로서의 탐구열이니 뭐라 할 수도 없는 일이다.

'나야 알리바이를 만들어주는 것이나 다름없으니 좋지.'

"어제 설명해 주었던 타원 곡선을 이용한 풀이법은⋯⋯."

그로모프 교수가 무엇을 궁금해하는지 듣고는 더 이상 친절할 수 없을 정도로 상세히 설명해 주었다.

노교수는 고개를 끄덕이며 연방 감탄사를 터뜨린다.

어제도 느꼈지만 정말 기발한 방법으로 문제에 접근하여

단숨에 해결해 내는 명쾌한 풀이 때문이다.

곁에 있던 보에보트스키 교수 역시 크게 고개를 끄덕인다.

그로모프 교수의 궁금증이 해결되자 이번에는 검증한 리만 가설에 대한 이야기가 오갔다.

보에보트스키 교수 역시 대단한 학구열을 가진 사람이다. 하여 토론은 오랫동안 지속되었다.

"올해의 필즈상은 그 어느 때보다도 값질 것 같습니다. 미리 축하합니다. 그리고 또 만났으면 합니다."

설명을 다 듣고 돌아가며 보에보트스키 교수가 한 말이다.

"아, 네. 서울에서 뵙죠. 저 내일 귀국합니다."

"아! 그렇습니까? 실례가 안 된다면 세계수학자대회가 열리기 며칠 전에 가도 되는지요?"

궁금한 것들을 잔뜩 쌓아두었다가 한꺼번에 해소할 생각인 모양이다.

"제가 워낙 바빠서 뭐라 장담하지는 못합니다. 다만 교수님들이 오실 때 제가 서울에 있으면 기꺼이 뵙겠습니다."

"말씀만으로도 감사합니다. 참, 어제 윌리엄이 부탁했던 건 잊으셔도 됩니다."

그로모프 교수는 오늘 아침 조카인 윌리엄에게 전화를 걸어 야단을 쳤다.

작곡가에게 곡을 달라는 이야기는 정중히 부탁해도 모자

랄 일이다. 그런데 너무도 쉽게 그래 달라 이야기해서 불편했다고 한 것이다.

물론 현수의 입장을 생각해서 우회적으로 표현한 말이다.

야단맞은 윌리엄은 본인의 실수를 깨닫고 정중히 부탁을 철회해 달라고 했다.

지난밤 '지현에게' 와 '첫 만남' 을 전 세계가 주목하고 있으며 선풍적인 인기를 끌고 있다는 CNN의 보도를 접했다.

이 밖에 인터내셔널 뉴욕 타임스(헤럴드 트리뷴)의 기사 내용엔 '지현에게' 의 곡 가치에 대한 언급이 있었다.

현재의 인기가 3개월간 유지된다고 보았을 때 곡의 가치가 최소 1억 달러가량 된다는 내용이었다.

물론 이것은 아주 잘못된 추측이다.

'지현에게' 의 인기는 30년 이상 지속된다.

물론 처음과 같이 폭발적인 인기가 계속되는 것은 아니다. 그럼에도 웬만한 곡들을 압도한다.

어쨌거나 30년이 지난 후 이 신문은 정정 보도를 낸다.

30년 전의 기사 내용이 많이 잘못된 추측이었다고 말이다. 그리고 그때 새로운 값을 매긴다.

이때 '지현에게' 의 곡 가치는 1,000억 달러 이상의 가치가 있는 것으로 보도될 예정이다. 이것은 전 세계 거의 모든 음악 교과서에 수록되는 것을 감안한 액수이다.

어쨌거나 윌리엄은 1억 달러라는 기사에 화들짝 놀라며 취소를 당부했다. 아울러 본인의 무례를 용서해 달라는 뜻도 전해 주길 바랐다.

"네? 아, 네."

현수가 가볍게 고개를 끄덕였다.

곡 하나 주는 건 어려운 일이 아니다. 아르센에서 얻은 악보 가운데 하나를 적당히 주무르면 된다.

시간 날 때 직접 작곡하는 방법도 있다.

문제는 악보를 주는 것으로 끝나지 않는다는 것이다.

곡을 주면 음반으로 발매되기 전까지 작사, 작곡가의 의도대로 불리는지 확인해야 한다.

윌리엄은 미국에 있고 현수는 당분간 한국에 있을 예정이다. 거리가 너무 멀기 때문에 저어한 것이다.

그런데 그로모프 교수로부터 어제의 부탁을 취소하며 죄송스러웠다는 말을 듣자 마음이 동한다.

'까짓것, 인터넷으로 프로듀싱하면 되겠지. 직접 만나지 못해도 불가능한 건 아니니까. 그래, 하나 써주자.'

악보는 그로모프 교수의 이메일을 이용하면 될 일이다.

"그럼 다음에 뵙시다."

보에보트스키 교수와 군은 악수를 나눴다.

이제 미국에서의 일정은 모두 마친 셈이다.

웬만하면 온 김에 적당히 관광이나 하다 돌아갈 것이다.

하지만 현수는 워낙 바쁜 사람이다. 그럴 시간적 여유가 없기에 곧바로 항공편 예약을 변경했다.

예정보다 하루 먼저 귀국하려는 것이다.

"휴우! 이제 좀 안전해진 건가?"

현수가 나직한 한숨을 쉬는 순간 미국의 정보기관들에선 갑론을박이 벌어지고 있었다.

미국까지 온 현수이다. 내버려 둘 것인가, 아니면 접촉을 시도할 것인가에 대한 토론이다.

결론은 아직 현수가 어떤 생각의 소유자인지 파악되지 않았으므로 두고 보자는 쪽으로 내려졌다.

현수로선 다행한 일이다. 열 개 이상의 기관에서 접촉하겠다고 나서면 몹시 번거로울 것이기 때문이다.

"손님, 불편 사항이 있으면 언제든 말씀하세요."

1등석 담당 스튜어디스가 생긋 미소 짓는다. 현수는 그녀가 건넨 차를 한 모금 마시곤 고개를 끄덕였다.

"네, 그럴게요."

"그럼 편히 쉬세요."

고개를 숙여 예를 표하고는 물러난다.

현수가 미국행 왕복 티켓을 끊을 때 우선적으로 고려한 것은 출발시각이었다.

그렇게 해서 이 항공사를 선택했다. 하여 티케팅을 끝내고 얼마 지나지 않아 전화 한 통을 받았다.

현수가 끊은 티켓은 퍼스트 클래스이다. 원래는 비즈니스석을 예약하려 했는데 지현이 강권하여 바꿨다.

돈이 없는 것도 아니니 편히 다녀오라는 것이다.

그런데 항공사 예약 담당이라 신분을 밝힌 아가씨는 한 단계 위인 퍼스트 스위트로 업그레이드해 준다고 한다.

이 좌석은 보잉777 기종에만 일부 있는 좌석이다.

해준다는데 마다할 이유가 없어 고맙다는 뜻을 밝혔다. 그런데 티켓 값을 50% 할인까지 해준다고 한다.

뭔가 있다는 생각을 했지만 쉽게 생각하기로 하고 기꺼이 받아들였다.

돈 덜 든다는데 싫다 할 이유가 없기 때문이다.

왜 그랬는지는 비행기가 이륙한 뒤에 알았다.

퍼스트 스위트는 좌석이 룸 안에 있다. 다시 말해 좌석이 자그마한 방으로 꾸며져 있다.

창가에는 여러 서적이 비치되어 있었는데 항공사의 홍보 책자인가 하여 살펴보니 건설사 홍보물이다.

이 항공사와 같은 그룹의 회사이다.

이때 속내를 알아차렸다. 현수가 주관하고 있는 각종 공사에 참여케 해달라는 뜻이다.

아니나 다를까, 첫 페이지를 넘기니 대표이사의 명함과 간단한 인사말이 적힌 카드가 들어 있다.

즐거운 여행이 되길 빌며, 기회가 닿으면 식사라도 한번 하자는 내용이다.

노트북을 꺼내 이 회사에 관한 자료를 검색해 보았다. 2012년과 2013년에는 영업 이익이 마이너스였다.

시공능력 평가순위를 확인해 보니 18위에 랭크되어 있다.

국내 영업이 저조하여 손해를 입었을 뿐 기술력 등은 괜찮은 듯싶다.

미국에 당도할 즈음 스튜어드[2]의 정중한 방문이 있었다. 불편한 점은 없었는지 물었다.

그러면서 건설사 홍보 책자를 보았는지 슬쩍 살핀다.

무슨 뜻인지 충분히 짐작되기에 웃어주었다.

"귀국하면 이 회사 사장님을 만나 뵙지요."

"아! 그러십니까? 감사합니다. 그렇게 전하지요. 부디 편안한 여행이 되길 빕니다. 그리고 언제든 귀국하고 싶으실 때 연락 주시면 좌석을 마련해 놓겠습니다."

"네, 저야 그래주시면 감사하죠."

현수는 귀국을 하루 앞당겼다. 그러기 위해 전화를 걸었고,

---

2) 스튜어드(Steward) : 여객기나 여객선 따위에서 승객을 돌보는 남자 승무원.

이름을 대자 즉각 좌석을 확인해 준다.

여전히 퍼스트 스위트이다. 저쪽에서 베풀고자 하니 받아들였다. 항공료는 덜 내지만 그것의 몇 만 배나 되는 돈을 벌수 있게 일을 나눠 줄 것이니 조금도 미안하지 않다.

어쨌든 지금은 귀국하는 길이다. 여승무원이 건넨 차를 한모금 들이켠 현수는 창밖 풍경을 물끄러미 바라보았다.

아래쪽에 흰 구름이 솜이불처럼 깔려 있다.

비행기가 구름보다 높은 고도로 비행하는 이유는 여러 가지가 있다.

첫째는 고공일수록 공기 밀도가 적어 저항이 줄어듦으로 연료 소모량을 줄일 수 있어서이다.

둘째는 같은 이유로 빠른 속도를 낼 수 있다.

셋째는 성층권은 기류가 안정되어 기상 현상이 대류권보다 훨씬 적어서이다.

어쨌거나 융단처럼 깔린 구름을 보며 나직이 중얼거렸다.

"흐으음……! 일단 최소한의 안전장치는 한 것 같은데 뭐가 또 있을까?"

지구엔 252개 국가가 있다.

세계에서 가장 면적이 넓은 국가는 당연히 러시아이다. 17,098,242㎢나 된다. 실로 어마어마한 넓이이다.

2위는 캐나다 9,984,670㎢이고, 3위 미국은 9,826,675㎢이

다. 4위는 지나이며 9,594,961㎢나 된다.

참고로 일본은 377,915㎢로 62위이다.

그리고 대한민국은 99,720㎢로 109위에 랭크되어 있다.

국토 면적 1위와 3위, 그리고 4위와 62위는 한반도의 안보와 직결된 나라들이다.

일본과 지나는 직접적인 위협을 가하는 국가이고, 미국은 더 뜯어먹을 게 없나 요모조모 살피는 중이다.

러시아는 푸틴과 메드베데프를 완전히 구워삶았으니 위협이 되지 않는 국가이다. 오히려 도움이 될 확률이 높아졌다.

지나와 일본은 엄청난 액수의 달러를 잃었고, 받을 돈조차 날려 버린 상황이다. 언제든 이러한 사실이 공표되면 제 앞가림하기 급급하도록 조치를 취한 것이다.

미국도 그러하다. 미국의 경제를 쥐고 흔들던 유태인들의 재산을 축내놨다. 보유한 전체 재산에 비하면 조족지혈에 불과하겠지만 손톱 밑의 상처가 아프듯 속은 쓰릴 것이다.

한동안은 누가 그랬는지에 촉각을 세우느라 다른 데 정신 팔지 못할 것이다. 여기에 조금 더 충격적인 자극을 주면 광분해서 펄펄 뛸 것이다.

미국 정부 역시 포트녹스에 있는 금괴를 몽땅 잃은 상태이기에 경거망동하기 힘들 것이다. 국력을 총동원하여 누가 가져갔는지부터 밝히려 할 것이기 때문이다.

대치 상태로 60년을 보낸 북한과의 관계도 전향적으로 좋아졌다. 숙천유전 개발과 이실리프 석유화학단지 조성, 그리고 곳곳에 만들어질 이실리프 공단은 북한의 경제 상황을 크게 개선시킬 것이다.

단맛을 알고 나면 쓴맛이 더 싫어지는 법이다.

낙후되었던 북한 경제가 좋아지면서 살기 편해지면 더 안락한 삶을 원하게 될 것이다.

전쟁의 위험이 크게 줄어드는 것이다. 반면 통일 비용은 감소된다. 남북한의 경제 격차가 적으면 적을수록 유리하다.

설사 북한군이 오판한다 하더라도 제압하면 그만이다.

대한민국 해군력을 업그레이드시켜 주었듯 공군과 육군의 전력을 개선시키면 된다.

사실은 그렇게까지 할 필요조차 없다.

누가 뭐래도 세계 최강은 미국이고, 최고의 기술력을 지닌 국가 역시 미국이다. 따라서 미국이 당하면 다른 나라들도 모두 당한다고 보면 된다.

아무튼 미국의 네바다 주 그레이트 솔트레이크 사막의 한 부분은 북위 40도, 서경 115도에 해당된다.

몇 년, 몇 월, 며칠, 몇 시, 몇 분, 몇 초에 그곳을 미사일로 타격하겠다고 미리 고지한다.

세계 최고의 군사력, 정보력, 기술력을 지닌 미국이 충분히 대응할 수 있도록 15일 정도 시차를 둔 예고이다.

9.11 테러가 미국의 자작극이라면 본토는 단 한 번도 공격 당한 적이 없다. 그런데 테러라면 치를 떤다.

그렇기에 모든 수단을 동원하여 어떤 방법으로 공격할 것 인지를 찾으려 할 것이다.

모든 인공위성뿐만 아니라 뉴 에셜론이란 도·감청 시스 템까지 풀가동시킬 것이다. 또한 모든 첩보원까지 푼다.

아울러 예고된 타격 지역을 방어하기 위한 MD 시스템도 즐비하게 깔릴 것이다.

공격 시각은 다가오지만 지구상 어느 곳에도 미국을 향해 미사일을 쏘는 징후는 보이지 않을 것이다.

하지만 예고된 시각이 되면 아무것도 없던 허공에서 미사 일 하나가 튀어나와 목표를 타격하게 된다.

모든 기술을 총동원했지만 어떻게 해서 그런 일이 빚어졌 는지는 영원한 미궁에 빠지게 될 것이다.

마법은 과학으로 증명할 수 없는 영역에 존재하기 때문이다.

이래놓고 미국이 허튼짓을 하려 하면 군사기지 하나를 정 해놓고 그곳으로 미사일을 보내겠다는 예고를 한다.

겁 많은 미국은 분명 물러나게 될 것이다.

따라서 현수가 대한민국을 아끼는 한 어느 나라도 위협할 수 없는 국가인 셈이다.

물론 이런 일은 일어날 확률은 0.1% 미만이다. 현수가 유유자적 간섭 없이 살기를 원하기 때문이다.

대놓고 세계를 적으로 삼고 어찌 편히 살 수 있겠는가!

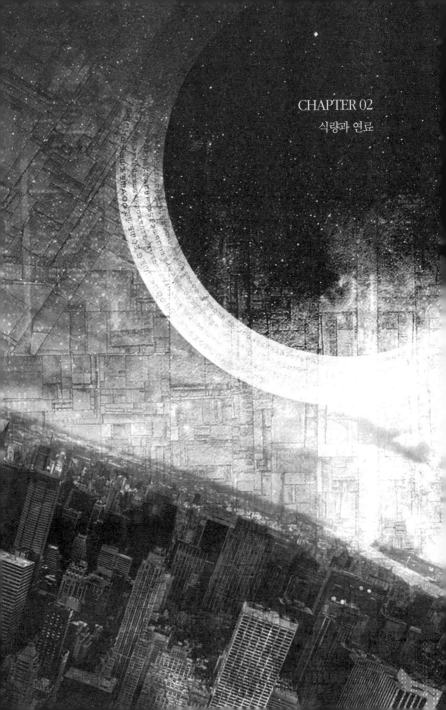

CHAPTER 02

식량과 연료

전능의팔찌

THE OMNIPOTENT
BRACELET

'흠! 전 세계를 집어삼키려는 못된 유태인들을 징치하기 위한 방법을 찾긴 찾아야 하는데… 취리히나 제네바에 있는 귀금속 보관소에도 금이 엄청나게 있다는데 사실인지 알 수가 없으니… 쩝!'

현수는 이맛살을 좁히며 나직이 중얼거렸다. 그러다 문득 스치는 상념이 있었다.

세계 7대 곡물 메이저라는 것이 있다. 곡물을 수출입하는, 세계적으로 큰 몇몇 상사를 상징하는 말이다.

미국계 '카길', '컨티넨탈', '아처대니얼스 미들랜드' 와

프랑스의 '루이드레퓌스', 아르헨티나의 '분게', 브라질의 '벙기', 스위스의 '앙드레' 가 있다.

이 중 카길(Cargill)은 미네소타에 소재한 개인 기업이다.

이 회사가 기업을 공개하면 포춘 500에서 10위 정도로 올라갈 것이라는 예측이 있다.

카길에선 곡물의 구입, 재배, 유통은 물론이고 사료 생산, 축산, 금융 서비스까지 하고 있다. 미국 곡물 수출의 25%를 담당하고, 미국 내 육류 시장 중 22%를 차지하고 있다.

참고로 미국 내 개인 기업 중 가장 크다.

이것을 뺀 나머지 여섯 개 사는 유태인의 손에 의해 좌지우지된다.

전 세계 곡물 시장은 이미 유태인들이 장악한 것이다.

세계 7대 메이저 석유회사 중 여섯 개도 그러하다.

'엑슨', '모빌', '스탠더드', '걸프' 는 록펠러 가문 소유이다.

'로열 더치 셸' 은 로스차일드 가문의 것이고, '텍사코' 는 노리스 가문이 소유하고 있다.

석유 시장 역시 유태인들의 지배를 받고 있는 것이다.

식량과 연료!

인간의 삶에서 매우 중요한 것들이다.

한때 한국보다 잘살았던 북한이 최빈국 수준으로 쪼그라든 이유도 이것 때문이다.

식량과 연료 부족으로 경각 지경에 처해 있다.

현수가 손을 뻗어 해결책을 마련해 주지 않았다면 굶주림을 견디다 못해 극단적인 선택을 했을 수도 있다.

아무튼 유태인들은 이걸 움켜쥐고 있다.

전 세계인의 생명과 직결된 숨통을 틀어쥐고 있는 것이다. 참으로 교활한 놈들이다.

그리곤 조금씩 숨을 조이고 있다.

곡물가와 유가는 나날이 오르고 있다. 전 세계의 돈이 유태인들의 주머니 속으로 흘러드는 중이다.

하지만 세상 사람들은 무관심해서 그런지, 아니면 무식해서 그런지 별 상관없다는 표정으로 살고 있다.

한국인들도 그런 사람들 중 한 부류이다.

석유 한 방울 나지 않는 나라이니 그건 그렇다 처도, 무분별한 개발을 하면서 곡물을 얻어내야 할 농지를 줄여 식량 자급률을 나날이 떨어뜨리고 있다.

내 목숨을 남의 손에 쥐어주려 발악하고 있는 것이다.

"흐음! 이들을 무너뜨리면 배가 좀 아프려나?"

곡물 메이저를 무너뜨리는 건 조금만 더 노력하면 충분히 가능할 듯싶다.

몽골과 러시아에서 개발될 20만㎢짜리 자치구는 다른 지역의 125만㎢짜리 농장과 맞먹는다.

밀을 재배할 경우 수확량이 6.25배가 되기 때문이다.

이걸 기준으로 따지면 콩고민주공화국은 26,000㎢, 에티오피아는 250,000㎢ 정도 된다.

곧 거래를 하게 될 케냐에서 40,000㎢, 우간다에서 20,000㎢를 조차 받는다면 각각 250,000만㎢와 120,000 5,000㎢짜리 농지를 얻는 셈이다.

이들 국가에선 거절할 이유가 없다.

현수가 개발 비용을 전담하고 거기에서 얻어지는 곡물은 우선적으로 공급 받을 수 있기 때문이다. 따라서 이 정도 면적을 얻는 것은 크게 어려운 일이 아닐 것이다.

아무튼 이것들을 합산하면 190만 1,000㎢나 된다.

콩고민주공화국의 경우엔 더 넓은 농토를 만들겠다고 하면 기꺼이 조차해 줄 것이다.

영원히 식량 부족으로 해방되는 일이 될 것이기 때문이다.

예를 들어, 이 나라 국토의 23분지 1 정도 되는 10만㎢를 더 조차하면 농지 62만 5,000㎢를 추가로 얻는 셈이 된다.

이것까지 합산하면 252만 6,000㎢의 농지가 된다.

2009년 기준 세계 농지 면적 통계를 보면 지나의 전체 농지는 524만 3,000㎢로 세계 1위이다.

2위 호주와 3위 미국은 각각 400만㎢를 조금 넘긴다. 이들 셋의 농지 면적이 전 세계 농지 면적의 27.4%나 된다.

현수는 세계 4위 브라질에 조금 못 미치지만 5위 러시아보다는 넓은 농지를 갖는 셈이다.

이쯤 되면 전 세계 곡물가를 쥐락펴락할 수 있다. 곡물 메이저들을 몰락시킬 수 있는 것이다.

석유 메이저는 이실리프 엔진으로도 무너뜨릴 수 있다.

지구상엔 10억 대가 넘는 자동차가 있다. 이들이 소모하는 연료의 양은 실로 어마어마할 것이다.

석유 메이저들은 이들에게 연료를 팔아 막대한 돈을 벌고 있다. 그런데 판매량이 12분지 1로 줄어들면 어찌 되겠는가!

지금과 같은 성세는 결코 누리지 못하게 될 것이다. 수입도 12분지 1 이하로 줄어들 것이기 때문이다.

물론 그럴 일은 결코 일어나지 않는다.

그러려면 현수가 10억 대에 달하는 자동차 엔진을 일일이 개조해 줘야 하기 때문이다.

어쨌거나 석유의 소모량을 줄이면 메이저들의 힘이 약화된다. 대안 중 하나가 태양광 발전과 풍력 발전이다.

지금보다 초기 비용이 덜 들고 내구력이 획기적으로 늘어난다면 충분히 석유의 소모량을 줄일 수 있을 것이다.

수소 전지를 업그레이드시켜 자동차에 적용하는 것은 화석 연료 사용량 감소와 더불어 환경 보존이라는 두 마리 토끼를 잡는 일이 될 것이다.

어쨌거나 곡물과 석유의 패권을 무너뜨리는 것만으로도 유태인들의 힘은 많이 약화될 것이다.

"흐으음! 주영이 녀석이 잘 알아보고 있는지 모르겠네."

풍력발전과 수소전지에 관해 조사해 보라는 이야긴 이미 해두었다. 틀림없이 조사했을 것이다. 그런데 그걸 얼마나 진척시켰는지에 대한 말은 듣지 못했다.

결혼식이 있었고, 바쁜 일정 때문에 시간을 갖고 충분히 대화할 기회가 없었다.

"쩝! 또 잊기 전에 이건 메모해 둬야겠군."

다이어리에 내용을 기입하고 이전에 메모했던 것들을 살펴보았다. 벌여놓은 일이 너무 많아서 챙기지 못한 것이 있나 싶어서이다.

"흐으음! 그나저나 일본도 가야 하는구나. 주문했던 컨테이너는 다 만들어졌을까?"

지옥도와 연옥도, 그리고 징벌도에 데려다 놓을 사람들을 위한 컨테이너는 이미 납품되어 있는 상태이다.

유리창 없는 기성품을 사서 입구 부분만 밀봉되도록 만들면 되는 것이다. 여기에 구멍을 뚫고 산소 공급 장치를 추가하면 끝이다. 그렇기에 주문한 다음다음날 다 만들었다.

"참, 추가로 두 놈이 더 있었지."

요즘은 시간 날 때마다 뉴스 검색을 한다. 망언하는 쪽발이

들이 많아서이다.

최근 메모된 자는 기시다 후미오(岸田文雄)와 야마모토 이치타(山本一太)이다. 각각 외무상과 영토문제담당상이다.

이들은 '다케시마를 아십니까?' 라는 동영상과 연관하여 독도가 자신들의 땅이라는 망언을 했다.

당연히 지옥도 당첨이다.

"이번에 귀국하면 급한 불부터 끄고 일단 지옥도부터 채워야지. 그나저나 아제르바이잔에도 가봐야 하네. 쩝! 몸이 열 개쯤 있었으면 좋겠다. 아르센 대륙에도 가봐야 하는데."

벌여놓은 일이 너무나 많다. 의도한 건 아니다.

어떻게 하다 보니까 점점 늘어나서 열 손가락으로 헤아릴 수 없는 숫자가 되어버렸다.

마법 덕분에 찌질한 삶은 면했지만 정신없이 바쁜 인생을 살게 되었다. 게다가 책임져야 할 사람도 엄청나다.

이실리프라는 명칭을 단 기업들이 완성되면 직원 수가 최하 300만 명 이상은 될 것이다.

4인 가족을 기준으로 하면 1,200만 명이 먹고살 수 있도록 만들어줘야 하는 것이다.

"끄응! 벌여도 너무 크게 벌였구나. 이제 와서 되돌릴 수도 없고. 쩝, 어쩌겠어. 기호지세인데, 까짓것 해보지, 뭐."

현수가 이렇듯 쉽게 생각하는 이유는 믿는 구석이 있기 때문이다. 아공간에 담긴 엄청난 현금과 금괴가 그것이다.

"다행이야. 자본주의 사회라서."

돈만 있으면 뭐든 가능하다는 것이 마음에 들었다.

"하지만 그게 문제이기도 하지."

돈이 모든 것을 해결해 주면 단순히 돈을 추종하는 무리가 늘어난다. 천민자본주의[3]가 발생되는 것이다.

"이실리프 자치구 등은 그렇게 되지 않도록 애써봐야지."

현수는 사회주의와 민주주의, 공산주의와 자본주의 모두 완전한 사회 체제가 아니라는 생각을 해보았다.

한국인의 특징은 지역민 사이의 단결심이 강하다는 것이다. 좁은 땅덩이지만 경상도, 전라도, 충청도를 따지며 산다.

다음은 자기 일은 스스로 하자는 문화를 가졌다는 것이다. 지금은 덜하지만 예전엔 자기 집 앞은 자기가 쓸었다.

중앙에서 통제하는 힘을 줄이고, 스스로 발전 방향을 정할 수 있도록 도와준다면 상당히 괜찮을 듯싶다.

물론 제멋대로 구는 자들에 대한 엄벌은 필요하다. 논에서 피를 솎아내듯 뽑아버리면 그만이다.

가둬놓고 먹이고, 재우고, 입히고를 할 필요가 없다.

이실리프 자치구가 지상낙원이 된다면 그곳으로부터 영원히 격리되는 것도 하나의 벌이 될 것이다.

---

3) 천민자본주의[Pariakapitalismus] : 천민 취급을 받아온 유태인 상인 및 금융업자가 중심이 된, 근대 이전의 비합리적 자본주의를 가리키는 말. 돈이라면 '수단과 방법을 가리지 않는' 것을 의미하는 말로도 쓰임.

"아무튼 일본에 들러야 하는데 놈들이 언제 모이지?"

일일이 잡으러 다닐 수는 없다.

"엄규백 팀장 팀으로도 해결하기 어렵겠네."

국내가 아닌 일본이기에 이런 생각을 한 것이다.

"쩝! 어쩌겠어. 그래도 해야 할 일인걸. 아무튼 최대한 빨리 하자. 그게 최선이야."

이런저런 생각을 하다가 깜박 졸았다.

노크 소리가 들린다.

똑, 똑, 똑-!

"네에."

"손님, 잠시 후 착륙합니다. 안전벨트 부탁드릴게요."

"네, 알았습니다."

보잉777은 여러 번 사고가 난 기종이지만 이번엔 무사히 착륙했다. 기장의 솜씨가 좋은 모양이다.

*　　　*　　　*

"잘 다녀오셨어요?"

"그래, 여긴 별일 없었지?"

"그럼요. 별일 있을 게 없잖아요."

쪼옥-!

지현이 내민 입술에 가볍게 뽀뽀를 해줬다.

"샤워하고 옷부터 갈아입으세요."

"그래."

샤워를 마치고 나오니 식사가 준비되어 있다. 지현은 요즘 요리학원을 다닌다고 한다.

남편에게 맛도 있으면서 영양가도 있고 균형까지 잡힌 식사를 제공하기 위해서라고 한다.

모처럼 분위기를 잡으려는지 은은한 조명 아래 두 개의 촛불이 타오르고 있다. 달착지근한 와인까지 있는 걸 보니 오늘 뭔가 단단히 벼르고 있는 듯하다. 충분히 짐작되었기에 부드러운 웃음을 머금은 채 단란한 식사를 마쳤다.

잠시 후, 우미내 마을 현수의 집에선 지현이 바라던 열풍이 불었다. 그런데 조금 세게 불었던 모양이다.

"아으! 손가락 구부릴 기운조차 없어요. 힝! 너무해요."

지현이 품을 파고들며 조그맣게 칭얼거린다.

"하하, 너무하긴, 자길 오랜만에 봐서 그런 거지. 아무튼 기운 없다니 푹 쉬어. 알았지?"

팔베개를 해주고 몇 번 다독이니 스르르 잠든다.

침대를 빠져나온 현수는 서재로 들어갔다.

"제일 좋은 기회는 각료회의를 할 때인데, 그때 가서 모조리 잡아오는 게 편할 것 같네. 근데 언제 열리는지를 알아야지. 쩝! 이래서 정보가 중요한 거야."

다이어리에 정보력 강화라는 메모를 해두었다.

"참, 이 실장이 사무실에 꼭 들러달라고 했는데 깜박하고 못 갔네. 주영이 녀석도 보긴 해야 하는데. 지금 몇 시지?"

시계를 보니 밤 10시를 조금 넘겼다.

휴대폰을 들어 주영에게 전화를 걸었다.

♪ ♫ ~ ♪ ~! ♫ ~ ♪♩ ~!

슈만(Robert Alexander Schumann)의 가곡집 '시인의 사랑'에 수록된 곡이다.

이 곡은 하인리히 하이네(Heinrich Heine)의 '눈부시게 아름다운 오월에' 라는 시에 곡을 붙인 것이다.

Im wunderschönen Monat Mai,

Als alle Knospen sprangen,

Da ist in meinem Herzen

Die Liebe aufgegangen

눈부시게 아름다운 5월에

모든 꽃봉오리 벌어질 때

나의 마음속에서도

사랑의 꽃이 피었어라.

Im wunderschönen Monat Mai

Als alle Vögel sangen,

Da hab ich ihr gestanden

Mein Sehnen und Verlangen

눈부시게 아름다운 5월에

모든 새들이 노래할 때

나의 불타는 마음을

사랑하는 이에게 고백했어라.

현수는 이 곡의 가사 내용을 안다. 고등학교 때 제2외국어로 선택한 것이 독일어였기 때문이다.

이런 감미로운 가사를 컬러링으로 쓰는 걸 보니 요즘 깨가 쏟아지는 모양이다. 하긴 3월 1일이 결혼식이다.

"자식, 한참 좋은 모양이군."

돌이켜 생각해 보면 주영은 한쪽 팔을 쓸 수 없는 고난의 세월을 살았다. 가진 것 없고 비빌 데 없는 인생이었다.

수학 교습소는 쇠퇴일로에 놓여 있었고, 그게 망하면 대책 없는 삶만 남았을 뿐이었다.

그러다 지금은 아주 잘나가는 사람이 되었다.

이실리프 상사의 전무이사로 재직 중이지만 실제는 경영자와 다를 바 없다.

"결혼 선물로 승진시켜 줘야겠군."

현재 이실리프 무역상사가 사용하고 있는 건물을 주는 건 어떨까 싶다.

"차라리 양평에 집을 지어줄까?"

지금은 괜찮지만 조금 더 지나면 경호원이 필요할 수도 있다. 현수의 최측근이기 때문이다.

"그러려면 출퇴근이 문제인데……."

양평 저택에서 역삼동까지는 결코 가까운 거리가 아니다.

"에이, 지가 알아서 고르라고 하지. 어쭈! 근데 왜 전화를 안 받는 거야?"

연결음이 길어지자 나직이 투덜거렸다. 이때 기다렸다는 듯 주영의 음성이 들린다.

"여보세요. 현수냐?"

"그래, 인마! 대체 뭔 짓을 하고 있기에 전화도 안 받아?"

"나? 크흐흐! 좋은 거 하고 있었다."

"어쭈! 대놓고 자랑질이지, 지금!"

"크흐흐! 지금 깨가 쏟아지는 중이다. 부럽지?"

"부럽긴. 야, 지금 바쁘지 않으면 만나서 술이나 한잔하자. 격조했잖아."

"술? 좋지. 제수씨도 나오냐?"

"제수씨? 인마, 내가 너보다 생일이 석 달이나 빠르다. 앞으론 형수님이라고 불러. 알았어?"

"그거야 만나서 민증 까보면 알 일이고. 아무튼 지금 올 거야? 어디에서 만나?"

"너희 집 근처로 갈게. 기다려."

"오케이! 이 근처에 꽤 괜찮은 집 하나 봐뒀다. 와라."

"오냐. 곧 가마."

통화를 마치곤 침실로 갔다. 지현은 여전히 자는 중이다.

"바디 리프레쉬!"

샤르르르르릉~!

마나가 스며들자 웅크리고 있던 지현의 몸이 펴진다.

"어웨이크!"

"끄웅! 하암! 어머! 자기……."

"나 지금 주영이랑 이 실장님 만나서 한잔할 건데, 더 잘래, 아님 같이 갈래? 더 잔다고 하면 내가 재워줄게."

자고 있던 지현을 깨워놨지만 다시 재우는 건 일도 아니다. 슬립 마법 한 방이면 내일 아침까지 깨지 않고 푹 잔다.

"주영 씨요? 은정 씨도 나와요?"

"응. 아주 깨가 쏟아지나 봐."

"호호, 그럼 가야죠. 은정 씨 본 지도 꽤 됐어요. 잠시만요. 준비할 시간 주세요."

자리에서 일어난 지현이 후다닥 씻고 옷을 입는다.

마지막으로 머리를 매만지며 묻는다.

"가서 술 마실 거면 차 안 가져갈 거죠? 그럼 택시 타고 가는 거예요?"

"아니. 그럴 시간이 어디 있어? 텔레포트로 가지."

"…갈 때는 좋은데 올 땐 택시 타고 와요. 그거 울렁거리잖아요. 도착하자마자 토하면 어떻게 해요?"

"그런가? 알았어. 그럼 그렇게. 준비 다 됐어?"

"네, 가요."

말을 마치곤 냉큼 다가와 팔짱을 낀다.

"매스 텔레포트!"

샤르르르르룽—!

현수와 지현의 신형이 사라진다.

둘이 나타난 곳은 이실리프 무역상사 건물 옥상이다.

"마법이 편하긴 하네요."

"그치? 나중에 배워볼래?"

"정말요? 저도 할 수 있을까요?"

"그건 배워보면 알겠지."

마나에 대한 감응도가 뛰어날수록 마법사가 될 확률이 매우 높다. 그런데 이걸 어떻게 확인하는지는 모른다.

마법사들 틈에 있었다면 벌써 배웠겠지만 지금껏 그런 걸 익힐 시간적, 정신적 여유가 없었다.

하여 지현, 연희, 이리냐가 어떤지 아직 모른다.

"알았어요. 나중에 가르쳐 줘요. 저는 생활 마법 위주로 가르쳐 줘요. 설거지나 청소, 빨래 같은 거 마법으로 하면 엄청 편할 거예요."

지현의 입에서 생활 마법이라는 말이 나왔다.

요즘 틈날 때마다 판타지 소설을 읽은 결과이다.

지구엔 마법사가 없다. 따라서 마법에 관한 전문 서적이 존재하지 않는다.

그런데 남편이 마법사이다. 마법이란 걸 익혔다는데 대체 뭘 얼마나 아는지 궁금했다.

전에 이야기 듣기론 치유 마법이 메인이라 했다. 그러면서 소소한 마법 몇 가지를 아는 것처럼 이야기했다.

그런데 지내다 보니 그런 것 같지가 않다.

당장 텔레포트라는 마법만 봐도 그렇다. 판타지 소설을 읽어보면 하위 마법사는 시전조차 못하는 고위 마법이다.

일전에 이야기 듣기로 한국에서 콩고민주공화국까지 서너 번만 이 마법을 시전하면 당도할 수 있다고 했다.

음속 따윈 상대도 안 되는 엄청난 속력이다.

이런 걸 어찌 소소한 마법이라 할 수 있겠는가!

캐묻지는 않았지만 남편은 상당한 수준의 마법사임이 분명했다. 그렇다면 생활 마법 정도는 당연히 섭렵하고 있을 것이다.

그렇기에 설거지 마법과 청소 마법, 그리고 세탁 마법을 익혀볼 생각이다.

그런데 지현은 굳이 이런 걸 익히지 않아도 된다.

손에 물 한 방울 묻히지 않을 만큼 넘치는 재력을 갖고 있기 때문이다.

이런 사실은 지현도 충분히 알고 있다.

그럼에도 가사도우미를 두지 않는 것은 부부 간의 살가운 시간을 조금 더 오래 갖기 위함이다.

하지만 이제 양평으로 이사 가면 그러지 못할 것이다.

집이 너무 커서 하루 종일 청소만 해도 다 할 수 없기 때문이다.

그래서 요리사 세 명, 청소 도우미 세 명, 세탁 및 다림질 도우미 두 명, 원예사 여섯 명, 운전기사 세 명 등이 최소 인원이다.

아이가 태어나면 베이비시터부터 시작하여 과목별 홈스쿨링 교사까지 필요하다.

현수는 그렇게 될 것을 꿰고 있다. 그렇기에 고용인을 위한 고급 숙소까지 짓고 있는 것이다.

어쨌거나 지현이 설거지 마법을 알려달라고 했다.

"설거지? 그래, 그러지. 자, 이제 내려가 볼까?"

"네."

이실리프 무역상사 아래로 내려와 주영에게 전화를 걸었다. 둘이서 근처 생맥주집에서 한잔하는 중이라고 한다.

"짜식, 좀 기다리지."

"우리도 어서 가요."

당도한 곳은 상당히 깔끔히 인테리어를 한 호프집이다. 유리창이 빙 둘러 있어 실내가 보이는 룸이 여럿 있다.

입구에 당도하니 웨이터가 다가왔고, 주영의 이름을 대자 친절히 안내해 준다.

"여어, 어서 와라! 제수씨도 어서 오십시오."

"네, 그간 안녕하셨지요? 은정 씨도 안녕!"

"어서 오세요, 사장님, 언니."

"이 실장님, 앞으로 사장님이라 부르지 마세요."

"네? 그게 무슨……?"

현수가 갑자기 정색하자 영문을 몰라 어리둥절해하는 모습을 보인다. 이때 주영이 끼어든다.

"짜식, 회장님이라 불러달라는 거냐?"

"아니. 너 민증 까 봐. 내가 분명히 너보다 석 달 형이다."

현수의 시선이 다시 이은정 실장에게 돌아간다.

"앞으론 시아주버님이라 불러주세요."

"네? 아, 네에. 호호, 호호호!"

잠시 긴장했다가 농담이라는 걸 알게 된 은정이 웃음을 터뜨린다. 이때 주영이 지갑을 꺼낸다.

"좋아, 말 나온 김에 누가 형인지 확실히 하자. 여기 증인이 둘씩이나 있으니까 나중에 딴말하기 없기다?"

"좋아, 까 봐."

둘은 주민등록증을 꺼내 비교해 보았다.

"봤지. 내가 석 달 형이다. 앞으론 까불지 마라. 알았냐?"

"으윽! 이럴 수가! 쳇! 나이 더 먹어서 좋겠다."

주영이 뒷머리를 긁적인다.

"앞으론 형수님이라 불러. 알았지?"

"오냐. 꼬박꼬박 형수님이라 불러드린다."

"핫핫! 기분 조오타."

현수의 너스레에 지현과 은정이 환히 웃는다.

"자, 일단 마시자! 오늘은 형아가 쏜다!"

"오냐, 아주 코가 삐뚤어질 때까지 마셔주마. 은정 씨, 거기 벨 눌러."

"네? 왜요?"

"술 더 시키게요. 안주도 제일 비싼 걸로 시킵시다."

"네? 호호! 네."

잠시 후 이 호프집에서 제일 비싼 안주와 술이 나왔다. 잔을 부딪치고는 시원하게 한 잔씩 비웠다.

"결혼식 준비는 잘 되어 가냐?"

"그래, 어머니와 할머니께서 애써주고 계신다."

주영에겐 이제 일가친척이라 할 만한 사람이 남아 있지 않다. 그렇기에 은정의 모친과 조모께서 준비해 주는 듯하다.

"엉아가 아우 결혼 선물로 뭘 줬으면 좋겠냐? 원하는 거있어?"

현수의 말에 반응한 것은 은정이다.

"어머, 아니에요. 그동안 받은 것만 해도……. 정말 괜찮아요. 저희 결혼식에 와주시는 것만으로도 고마워요."

"은정 씨 말이 맞다. 네 덕에 우리 둘이 만났고 부족한 거없이 살고 있다. 그러니 축복해 주는 것만으로도 충분하다."

"어머, 그래도 그건 아니지요. 할 도리라는 게 있는 거잖아요. 필요하신 게 뭔지 말씀하세요. 우리 이이 돈 많은 거 아시죠? 뭐든 말씀만 하시면 해줄 거예요."

지현의 말에 주영이 고개를 끄덕인다.

현수는 대한민국에서 가장 큰 부자이다.

2013년 10월 현재, 삼성전자 시가총액이 대략 213조 4,600억원 정도 된다. 지나와 일본, 그리고 미국에서 가져온 것만으로도 이런 회사 수십 개는 살 수 있다.

따라서 현수 앞에서 돈 자랑하는 건 번데기 앞에서 주름 잡는 짓이며, 포크레인 앞에서 모종삽으로 흙 뜨는 격이다.

1억 정도는 남들 1,000원 쓰는 것처럼 쓸 수 있기에 무엇을 원하든 기꺼이 결혼 선물로 해줄 수 있다.

이 기회에 단단히 한몫 보려고 비싼 자동차 같은 것을 사 달라고 할 수도 있겠지만 주영과 은정은 염치를 아는 사람들이다.

현수가 있어 인생이 달라졌다. 그것만으로도 충분하기에 얼른 고개를 젓는다.

"아니에요. 그냥 축복해 주시는 걸로 만족해요."

"그래, 마음만 있으면 된다."

"알았다, 알았어. 그럼 결혼 선물은 내가 알아서 하지. 이 쑤시개 같은 거 사주면 되지?"

"오냐, 고맙다."

"자, 그런 의미에서 한잔하자."

"그래, 다 같이 건배!"

넷은 화기애애한 술자리를 즐겼다. 그러다 문득 떠오른 생각이 있다.

"참, 지하에 있는 룸살롱 말이야."

"락희? 락희는 왜?"

"그거 임대 기간 언제까지냐?"

"거의 끝날 때 다 됐지. 며칠 전에 와서 계약 연장 얘길 하더라. 임대료 조금 올려 받을 생각인데, 왜?"

"그러지 말고 걔들 내보내라. 우리 빌딩에서 룸살롱 같은 거 해서 조폭들이 돈 버는 거 싫다."

현수의 말에 은정과 지현 모두 고개를 끄덕인다. 많은 여인의 애환이 녹아 있을 장소라는 것이 짐작되기 때문이다.

그러나 실무자인 주영은 다르다.

"그럼 어떻게 하려고? 내보내고 주차장으로 개조해?"

음성에 약간의 까칠함이 묻어난다. 강남은 요즘 불경기로 인해 빌딩 공실률이 상당히 높다.

이실리프 빌딩의 경우는 계속해서 이실리프 계열 회사들이 생겨 사무실이 부족할 정도이기에 기존 입주자들의 임대 기간이 만료되면 내보내고 있다.

현재는 이실리프 상사 이외에 이실리프 엔진이 입주해 있다. 이실리프 어패럴과 이실리프 무역상사도 자리가 비면 들어오겠다고 한다. 이실리프 뱅크도 들어와야 한다.

하지만 지하는 다르다.

락희가 나가고 나면 그런 업종 이외엔 입주하려는 사람이 없을 수도 있다.

계좌에 엄청난 돈이 들어 있지만 그것과는 다른 문제다.

벌 수 있는데 단순히 선입관 때문에 포기한다는 게 와 닿지 않는 것이다. 이때 현수의 말이 이어진다.

"아니. 주차장 말고 사우나로 개조해."

"사우나? 오, 그래. 그것 괜찮겠다. 상당히 크게 들어서겠는걸. 근데 그걸 우리가 직접 운영하는 거야?"

"그래야지."

현수가 고개를 끄덕이자 주영이 잠시 말을 멈춘다. 사우나까지 운영하려면 직원을 더 뽑아야 한다.

그런데 이실리프 상사엔 비정규직이라는 게 없다. 따라서 사우나 카운터나 세신 도우미까지 직접 고용해야 한다.

남탕과 여탕은 사정이 또 다르다. 여탕은 마사지사까지 고용해야 한다.

이런저런 생각을 하고 있을 때 현수가 입을 연다.

"다 만들어지면 직원과 직계 가족에겐 무상으로 이용하게 해. 일반인에겐 적당한 입장료를 받고."

"⋯⋯!"

주영이 멍한 시선으로 바라본다.

"일하다 사우나 많이 가잖아. 그리고 콩고민주공화국 등으로 가면 남은 가족들이 궁금해하잖아. 회사에 자주 와서 잘 있나 확인하라는 뜻이다."

"너⋯⋯."

주영은 말을 잇지 못했다.

현수는 거의 대부분 외부에 머문다. 이실리프 빌딩엔 가뭄에 콩 나듯 가끔 들를 뿐이다. 그래서 직원들의 복지를 이처럼 생각하는지 몰랐던 것이다.

"기왕 만드는 거니까 신경 많이 써서 좋게 만들어."

현수의 이 말 덕에 대한민국 최고의 사우나가 만들어진다. 호텔 사우나 팀장이 견학 올 정도이다.

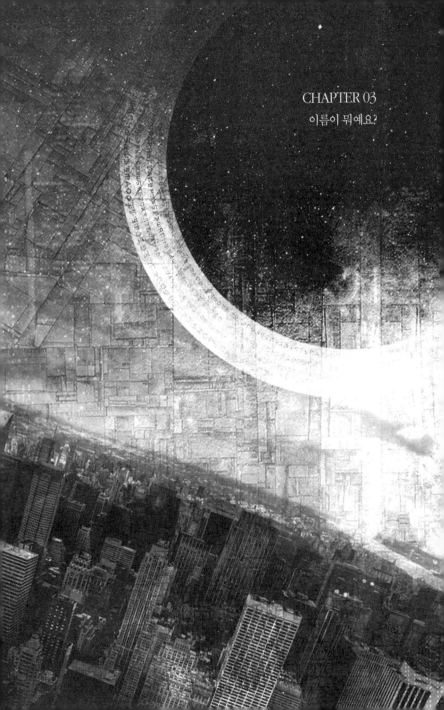

CHAPTER 03
이름이 뭐예요?

"그리고 말 나온 김에 이야기 좀 하마. 콩고민주공화국 말고 에티오피아에 40,000㎢짜리 농장 하나 더 만든다."

"뭐? 또? 어, 얼마? 4천이 아니고 4만이라고?"

"그래, 4만㎢짜리다."

"헐! 미친! 말이 되냐? 4천도 아니고 4만이라고? 헐! 내가 미친다, 미쳐! 지금 4,500㎢짜리도 사람 못 구해 허덕거리는데… 4만㎢라니 말이 돼?"

"……!"

주영만 놀란 게 아니다. 은정과 지현 역시 어마어마한 규모에 입을 딱 벌리고 있다.

둘 다 착실히 공부한 스타일이다. 따라서 4만㎢가 얼마나 넓은지 듣자마자 감을 잡은 때문이다.

그러거나 말거나 현수의 말은 이어지고 있다.

"그리고 또 있다."

"그래, 말 나온 김에 다 해라. 설마 어디에 한 10만㎢짜리 농장을 또 만든다는 건 아니겠지?"

"어, 어떻게 알았냐?"

현수의 말에 주영의 음성이 급격하게 커진다.

"뭐어? 진짜야? 진짜, 진짜야? 거짓말이지? 우리가 10만㎢짜리 농장을 어떻게 운영하냐? 우리 능력 밖이야."

"하면 되는 거지, 능력은 왜 따져? 사람만 많이 투입되면 되는 거잖아. 그리고 몽골에 만들어질 건 반둔두나 비날리아에 있는 게 윤곽이 나올 때쯤 시작될 거야."

"그래도 너무 크잖아. 야! 인마. 10만㎢면 거의 우리나라만 한 거야. 우리나라 크기 알지?"

"그래. 그보다 조금 크지. 우리나라는 99,720㎢거든."

"헐!"

"세상에 맙소사!"

"자기야, 정말 그만한 농장을 조성할 거예요?"

셋은 거의 경악스런 표정이다.

"몽골에 있는 게 그렇다고. 그거 말고 러시아에도 그만한 걸 만들기로 했어."

"네에?"

"뭐라고요?

"야, 진짜냐? 정말, 정말 진짜야?"

셋의 음성이 급속하게 커졌다. 이때 노크 소리가 들린다.

똑, 똑, 똑ㅡ!

"네."

대답하자 웨이터가 문을 열고 고개를 들이민다. 이제 갓 스무 살을 넘긴 듯 풋풋한 얼굴이다.

"손님, 여기서 이러시면 안 됩니다."

"네?"

"뭐라고요?"

은정이 어리둥절한 표정을 짓고, 지현은 무슨 뜻이냐고 반문한다. 이때 현수가 박장대소를 터뜨린다.

"끄응! 푸하하하하!"

개그콘서트의 한 장면이 떠오른 때문이다.

이때 웨이터의 말이 이어진다.

"소리가 좀 커서요. 옆 좌석에서 항의가 들어왔어요. 그래도 뭐, 떠들고 싶으면 떠드세요. 손님은 왕이니까요."

"하하! 네, 알겠습니다. 고마워요."

너무도 너그러웠기에 고개를 끄덕이며 환히 웃는다.

이때 웨이터가 펜과 종이를 내민다.

"김현수 사장님이시죠? 팬입니다. 사인 부탁드릴게요."

"아, 네."

현수가 고개를 끄덕이자 황송하다는 듯 고개를 숙이며 종이와 펜을 내민다.

"성함이 어떻게 되시죠?"

"성은 나라 조(趙)이구요, 이름은 나아갈 진(進)에 올 래(來)입니다. 할아버지께서 미래를 향해 힘차게 나아가라는 뜻으로 지어주신 이름이죠."

"아, 조진래 씨군요. 알겠습니다."

이름을 쓰고 만나서 반가웠다, 친절히 대해주어 고맙다고 썼다. 그리곤 천지건설 김현수라 쓰고 사인했다.

"여기 있습니다."

"아, 네. 진짜 감사합니다. 그럼 옆 좌석 신경 쓰지 말고 마음껏 떠드십시오. 저는 이만 물러갑니다."

"하하, 네. 고맙습니다."

웨이터가 물러갔다. 그런데 그때까지 셋은 아무런 말도 하지 않고 있다. 왠지 표정이 이상해 보인다. 하여 왜 그러느냐고 물으려 할 때 주영이 먼저 웃음을 터뜨린다.

"크하하하하!"

"호호호!"

"깔깔깔!"

"…왜들 이래? 뭐가 웃겨서? 내가 사인을 웃기게 했어?"

"아니. 푸하하하하!"

주영이 배꼽을 잡고 자지러진다. 은정과 지현은 눈물까지 찔끔거리며 웃는다.

"아, 왜들 이러느냐고?"

"쿡쿡, 쿠쿠쿠쿠!"

주영이 억지로 웃음을 참으려 한다.

"이름이… 이름이… 크하하하하!"

"누구 이름? 조금 전의 웨이터? 조진래 씨?"

"그래, 그래! 크하하하!"

주영이 웃겨 미친다는 표정을 지으며 벽을 긁는다. 이때 노크 소리가 또 들린다.

똑, 똑, 똑—!

모두들 억지로 웃음을 참으며 정색한다.

"네."

"저, 죄송하지만 사인 한 장만 더 부탁드려도 될까요?"

"네?"

"저희 형도 김현수 사장님 팬입니다. 한 장만 더 부탁드릴게요. 사인을 받았다고 자랑했더니 꼭 받아오라고 하도 당부를 해서요. 죄송합니다."

"아, 아닙니다. 해드리죠. 형님 이름은 뭐죠?"

"네, 성은 같고요, 이름은 세울 건(建) 자에 올 래(來)입니다. 미래의 세상을 세우라는 뜻으로 지어주신 이름입니다."

"아, 네. 이름 좋군요. 알겠습니다. 조건래 씨요."

'미래를 향해 힘찬 삶을 사십시오!' 라고 쓰고 사인을 했다. 사인지를 받은 웨이터가 깊숙이 고개 숙인다.

"무례한 청이었음에도 마다하지 않고 사인해 주셔서 고맙습니다. 정말 고맙습니다."

"아닙니다. 괜찮습니다. 우리 이제부터 좀 떠들게요."

"아이고, 그럼요. 얼마든지 떠드셔도 됩니다. 참고로 옆 테이블 손님들 자리 바꿨으니까 실컷 떠드셔도 됩니다."

웨이터의 말은 사실이다.

조금 전 현수네 테이블이 시끄럽다고 항의했던 손님들은 멀찌감치 떨어진 룸을 요구하여 그쪽으로 옮겨갔다.

"신경 써주셔서 고맙네요. 감사합니다."

"아이고, 뭘요. 필요하신 거 있으면 언제든 벨을 눌러주십시오. 그럼 즐거운 시간 보내십시오."

웨이터가 문을 닫고 나간다. 그런데 주영과 은정, 그리고 지현까지 모두 울음을 터뜨리려는 표정이다.

"아니, 이번에 왜 또? 뭐가 문제야?"

현수의 물음이 끝나자마자 주영의 눈에서 급기야 눈물이
한 방울 흘러나온다.

"뭐야? 갑자기 슬픈 일이라도 생각났어?"

"푸하하하하하하!"

"호호호호호호!"

"깔깔깔깔깔!"

"…다들 왜 이래? 갑자기 단체로 미치기라고 한 거야?"

"끄응! 크하하하하하!"

"호호호호!"

"깔깔깔깔! 아오, 미치겠네요. 깔깔깔!"

"아! 진짜, 갑자기 왜들 이래?"

　현수만 어리둥절한 표정이고 셋은 웃겨 죽겠다는 얼굴이
다. 당연히 의아하다는 표정을 지었다.

"대체 왜 그러는데? 나만 모르는 뭐가 있는 거야?"

"크크크, 이름이… 이름이……."

"무슨 이름? 방금 나간 웨이터 이름? 조진래 씨라고 했잖
아. 형은 조건래 씨라고 하고. 미래를 향해 나아가라, 그리고
미래를 세워라. 뭐가 이상해?"

"크크, 크크크크!"

"아이고, 미치겠어요. 호호호!"

"끄응! 난 눈물이 다 나요, 언니. 깔깔깔!"

"……!"

현수가 어리둥절한 표정을 짓자 주영이 한마디 한다.

"이따 집에 가다가 생각해 봐."

"대체 뭐야? 아무튼 알았다. 근데… 푸하하하하하!"

급기야 현수의 입에서도 박장대소가 터져 나왔다. 이제야 왜 웃는지 알게 된 것이다.

조진래와 조건래의 발음을 빨리하면 '조질래'와 '조걸레'로 들린 것이다.

자음접변 역행동화[4]가 빚어낸 참극이다.

"크크크크! 저런, 형광등!"

"호호호! 호호호호!"

"깔깔! 아이고, 미치겠어요. 이제 그 이야긴 그만해요. 깔깔깔! 아이고, 배야! 배 아파요! 깔깔! 깔깔깔깔!"

넷의 웃음소리는 한참을 이어졌다.

몹시 시끄러웠을 것이다. 하지만 웨이터가 다시 와서 '손님, 여기서 이러시면 안 됩니다'라는 말은 하지 않았다.

일련의 상황이 끝났을 때 셋의 잔은 비어 있었다.

다시 술을 채웠다. 그리곤 집에 갈 때까지 웨이터와 그 형의 이름은 입에 담지 않기로 했다.

또 웃음보가 터질 것 같아서이다.

---

4) 자음접법 역행동화 : 어떤 음운이 뒤에 오는 음운의 영향을 받아서 그와 비슷하거나 같게 소리 나는 현상. 앞 글자의 받침이 뒷글자의 초성과 같아진다.

"야, 근데 그거 진짜야? 몽골과 러시아에 우리나라만 한 농장 만드는 거."

"응. 러시아하곤 이미 협의가 끝났고, 몽골은 푸틴 대통령과 메드베데프 총리가 힘써주기로 했으니까 될 거야."

"헐! 완전히 미친… 이다."

"그러게요. 너무 큰 거 아니에요?"

주영에 이어 지현이 한 말이다.

"제가 생각해도 너무 큰 거 같아요. 개인이 어떻게 자기가 사는 나라보다도 큰 농장을 두 개나 운영해요? 근데 그럴 만한 돈은 있어요? 개발하려면 자본이 많이 필요할 텐데요."

은정은 다소 걱정스럽다는 표정이다. 주영이 이실리프 상사에 관한 이야기를 해주지 않아 모르는 때문이다.

"그건 괜찮아요, 은정 씨."

"네? 그럼 그만한 돈이 있다구요?"

"네, 조금 많이 있어요. 이걸 잘 굴리면 방법은 있을 거예요. 그나저나, 이걸로 끝이지? 어디에 또 그만한 농장이 있고 그러는 거 아니지?"

모두의 시선이 쏠린다. 심히 우려스럽다는 표정이다. 어찌 이 기대를 깨겠는가!

"사실은 우간다와 케냐에도 농장을 만들 생각이야. 우간다는 4만 ㎢, 케냐는 2만 ㎢ 규모로 생각해."

"헐! 그야말로 헐이다. 더 할 말이 없다."

이젠 더 놀란 기운도 없다는 듯 중얼거린다.

"그리고 콩고민주공화국에도 하나 더 해볼 생각이야."

"그래? 거기 면적은 얼마나 되는데?"

"10만㎢쯤 달라고 그럴 생각이야."

"끄으응! 아주 미친다, 미쳐! 다 합치면 얼마나 되는 거냐? 콩고민주공화국 104,500㎢, 몽골 10만㎢, 러시아 10만㎢, 에티오피아와 우간다는 각각 4만㎢, 케냐 2만㎢, 맞지?"

"뭐, 일단은."

"야, 더 이상 늘리지 마. 그러다가 우리 국민 절반은 다른 나라 나가서 살아야 하니까. 아무튼 다 합치면……."

"404,500㎢다."

주영이 아무리 숫자에 밝다 하더라도 현수의 두뇌를 따를 수는 없다. 어쨌거나 면적을 합산해 보니 대한민국 전체 면적보다 네 배 이상 넓다. 실로 어마어마한 규모이다.

실제론 그럴 수 없지만 이 면적 전체를 밀밭으로 만들고 성녀가 신성력을 불어넣은 종자를 뿌린다면 약 5억 8,000만 톤의 밀이 수확된다.

지구에서 생산되는 총량의 89%에 해당된다.

이것에 북한 주민 1인당 곡물 소비량인 174kg을 적용시키면 33억 4,177만 명이 1년간 먹을 수 있다.

지구 인구가 약 70억 명이니 혼자서 지구 절반의 식량을 해결하는 것이다. 실로 어마어마한 양이다.

"헐! 그걸 우리가 개발한다고?"

"해야지. 남북한과 몽골은 물론이고 아프리카 각국의 기근을 해결할 수 있는 일이 될 테니까."

"아, 아프리카……!"

기근 때문에 아사자가 속출하는 땅이다. 현수의 말대로라면 대부분의 아사자를 줄일 수 있다.

주영이 멈칫하는 사이 현수의 시선이 은정에게 향한다.

"이 실장님도 업무량이 늘어날 겁니다."

"네? 그게 무슨……?"

다소 의아하다는 표정이다.

"에티오피아에 이어 우간다와 케냐에도 천지약품이 개설될 겁니다."

"네?"

"우간다는 인구 3,500만 명, 케냐는 4,400만 명이에요. 이 사람들의 의약품 소모량도 상당히 많을 겁니다. 미리 마음의 준비를 해놓으세요."

"헐! 에티오피아에 들어갈 것도 아직 다 안 됐는데… 우간다와 케냐까지 공급하려면 제약회사 공장을 24시간 풀가동해도 안 되겠네요."

은정의 이런 우려를 들은 현수가 시선을 주영에게 주었다.

"참, 내가 매입하라는 주식은 다 매입했어?"

"정책금융공사가 가지고 있던 KAI 지분은 다 매입했어. 주식시장에서 팔리는 건 거의 다 매집했고, 남은 건 3% 미만인데 이건 내놓지 않아 쉽지 않다."

"그럼 일단 97% 정도는 확보했다는 거지?"

"그래. KAI는 일단 그래. 퍼스텍과 세트렉아이의 주식은 99% 정도 되니까 곧 다 살 수 있을 거야."

이실리프 상사에 몸담고 있는 전직 금융회사나 증권회사 직원들의 노력이 있었기에 가능한 일이다.

"나머지도 다 사야 하니까 자발적 상장 폐지를 위한 주식 공개 매수를 진행해."

"진짜 상장 폐지할 거야?"

"외부에서 자금을 얻어올 생각이 없으니 당연하지."

"알았다. 그렇게 진행시킬게."

주영이 고개를 끄덕이며 메모했다.

"제약사들 주식은 얼마나 매집했어?"

"이실리프 무역상사와 거래하는 모든 제약사 주식의 51% 이상은 확보했다. 더 사들여?"

"그래. 사들일 수 있는 건 다 사들여. 앞으로 제약사 주식 값이 많이 오를 테니까."

"저, 제약사 사장들이 불안해하지 않을까요?"

이번에 끼어든 사람은 은정이다. 직접적으로 거래하는 거래처이기 때문일 것이다.

"특별한 일이 없는 한 경영 간섭을 할 생각이 없다는 걸 분명히 했잖아요. 그러니 괜찮을 거예요."

"아, 네에."

은정이 고개를 끄덕인다. 어떤 회사든 대주주가 경영자와 우호적인 관계일수록 좋기 때문이다.

"혹시라도 불안해하면 그러지 않을 거라고 말해주세요. 그리고 생산량 증가에 박차를 가하라는 말도 하구요. 참, 품질 우선이라는 것도 꼭 말하세요."

"네, 알겠습니다."

"거의 전부 공장 증설이 필요할 거예요. 증자가 필요하면 언제라도 말하라고 하세요."

"네, 사장님."

"자, 이제 내가 할 말은 대충 다 한 거 같다."

"이게 대충이야? 하여간 너는……. 아이고, 술이나 마시자. 더 말하면 숨 가쁘니까."

"내일부터 엄청 바쁠 거 같아요."

"수고들 해주세요. 이이가 꼭 보답할 겁니다."

지현의 말에 주영과 은정이 동시에 대답한다.

"보답은요, 괜찮습니다."

"언니, 보답은 바라지도 않아요. 이렇게 일할 수 있는 것만으로도 행복하니까요."

이후론 화기애애한 분위기 속에서 여러 대화를 나눴다.

자주 만날 수 없기에 업무 이야기가 조금 길어진 게 흠이다. 앞으로는 자주 통화하기로 약속했다.

"잘 있어라."

"오냐, 조심해서 가라."

지현과 현수는 택시를 탔다. 그리고 어두운 밤길을 달려 우미내로 돌아왔다.

"주영 씨 선물 뭐 할 거예요?"

"이실리프 상사 사장으로 임명할까 해. 제수씨도 이실리프 무역상사 사장으로 승진시키고."

"그게 다예요?"

"아니. 지금 살고 있는 건물도 줄까 해."

"흐음, 그 정도면 괜찮을 것 같네요."

이때 현수의 뇌리를 스치는 상념이 있다.

"참, 하나 더 있다. 섭지코지에 있는 유니콘 아일랜드 별장 하나를 줄 생각이야."

"그거 좋은 생각이네요. 언제 날 잡아서 다 같이 한번 놀러 가요, 우리."

"그래, 놀러 가자. 근데 피곤하지 않아? 내일 출근하지?"

"네. 근데 그게 무슨 상관이에요? 자기가 슬립 마법으로 재워주면 되잖아요. 아까 제게 바디 리프레쉬 마법 썼죠? 그래서 그런지 피곤한 건 없어요."

"그래? 그래도 잠자리엔 들어야지."

현수가 눈을 반개한 채 바라보자 지현이 웃는다.

"어휴! 이 엉큼한……! 호호, 좋아요!"

둘은 침대로 향했다. 그리고 바람 한 점 들어오지 않는 방에서 또 열풍이 불었다. 2세는 금방 만들어질 듯하다.

이때 우미내 마을 집밖에선 한바탕 소란이 벌어졌다. 나간 걸 본 적이 없는데 택시를 타고 왔으니 어찌 안 그렇겠는가!

현수와 지현을 위한 경호는 육군, 해군, 공군과 국정원, 그리고 스페츠나츠와 토탈 가드에서 하고 있다.

오랫동안 같이 있다 보니 안면이 틔어 임무를 분담했다. 근거리, 중거리, 장거리 경호를 돌아가며 맡기로 한 것이다.

이는 전에 있었던 저격 사건 때문이다. 범인은 아직도 잡지 못한 상태이다.

오늘 밤 근거리 담당은 국정원이다.

그런데 현수 부부가 택시를 타고 들어오자 다른 어찌 된 일인지를 따진 것이다.

국정원에서 파견된 요원들은 기가 막힐 뿐이다.

둘이 같이 나갔다는 얘긴데 그걸 아무도 못 봤다는 걸 설명할 길이 없는 것이다.

밖에서 티격태격[5]하는 동안 현수와 지현은 꿈같은 시간을 보냈다. 그 결과 체력이 월등한 현수는 살아남았지만 지현은 또 곯아떨어졌다.

'오늘이 며칠이지?'

현수는 노트북을 부팅시켜 날짜를 확인했다.

2014년 2월 16일 토요일에서 17일 일요일로 바뀌고 있다. 완전한 한겨울이다.

"흐음, 지구에 온 게 2월 1일이었으니 벌써 17일이나 지났군. 벌써 보름이 넘은 건가?"

지구로 온 후 여러 일을 했다.

도착은 킨샤사 저택이다. 그날 새벽부터 마타디 항에서 이실리프 로고가 그려진 컨테이너들을 아공간에 담았다.

그때는 이실리프 농산, 농장, 축산에 필요한 인원을 20만 명으로 잡았다. 앞으로 4만㎢를 더 조차 받는다면 최하 100만 명은 더 고용해야 한다.

콩고민주공화국 정부에선 쌍수를 들고 환영할 것이다. 국민에게 직업을 주는 일이기 때문이다.

에티오피아로 이동하여 기오르기스 대통령과 유력 인사들

---

5) 티격태격 : 서로 뜻이 맞지 아니하여 이러니저러니 시비를 따지며 가리는 모양.

을 만난 바 있다. 그때 천지약품 설립은 기정사실이 되었고, 추가로 엄청난 양의 백신을 주문 받았다.

홍역, 말라리아, 콜레라 백신 3,000만 명분이다.

이 거래 하나만으로도 대한약품의 위상은 크게 올라간다.

그때 기오르기스 대통령은 우간다와 케냐에도 천지약품 설립을 추천했고, 긍정적인 대답을 한 바 있다.

에티오피아의 국방장관 페게씨 셰레파의 무기 수출 요구가 다소 부담스러웠을 뿐이다. 이집트 때문이다.

리야 아스토우는 커피 재배 전문가들을 섭외했고, 전원 취업시켰다. 그들은 반둔두와 비날리아 지역으로 보내져 재배 최적지를 선택하고 그곳에서 정착하게 될 것이다.

이들에 대한 배려로 학교와 병원, 도서관, 영화관, 쇼핑센터 등이 주변에 지어질 것이다.

서울에 당도해서는 동북아참역사재단 연구원 중 지나에 협력한 자들을 파악해 달라는 요구를 했다. 엄규백 팀장이 다소 부담스러워 했으나 그들의 행방은 곧 밝혀질 것이다.

다음은 드미트리와의 접견이다.

참고로 드미트리는 레드 마피아 서열 7위에 랭크되어 있는 고위 인사이다.

하지만 전과 달리 대등한 대화가 아니었다. 현수가 본인도 모르는 사이에 레드마피아 서열 2위가 된 때문이다.

원래는 이리냐와 놀러 갔던 메트로 클럽의 사장을 맡고 있는 세르게이 블라디미르가 2위였다.

조직이 워낙 방대하다 보니 클럽 사장 정도로는 보스가 되지 못한다. 하지만 차기를 위해 정상적인 영업을 하는 곳에 있다 보니 그런 것이다.

아무튼 레드마피아 조직엔 서열 변동이 발생되었다.

차얀다 가스전 개발공사 및 블라디보스토크까지 파이프라인 연결공사를 턴키베이스로 수주한 뒤에 벌어진 일이다.

1위는 여전히 알렉세이 이바노비치이다.

하지만 2위는 바뀌었다.

원래는 서열 1,000위 안에도 들지 않던 외국인이다. 심지어 레드마피아에 입단 선서도 하지 않았다.

그렇기에 한국인 샐러리맨 김현수가 차기 보스로 발표되자 레드마피아 단원들의 조직적인 반발이 있었다.

하지만 그들의 저항은 미미했고, 곧 수그러들었다.

단원들이 원하는 것은 지속적이며 고정적인 수입이다. 그들에게도 부양해야 할 가족이 있기 때문이다.

그런데 그 문제를 현수가 거의 다 해결해 주고 있다.

가스전 개발 공사와 파이프라인 연결 공사에 조직원들을 대거 관여케 하는 것이 그중 하나이다.

더 큰 건 쉐리엔과 항온의류이다.

쉐리엔은 모스크바가 중심이 되어 전 유럽에 공급된다. 쉽게 말해 유럽 전체의 독점 품목이다.

소매가격은 현수로부터 공급 받은 가격 ×8이다.

이쯤 되면 폭리라 할 수 있다. 그럼에도 없어서 못 판다. 유럽 어디를 가던 서로 달라고 난리다. 하여 이바노비치에게 합법적으로 엄청난 부가 흘러드는 중이다.

현재 상트페테르부르크의 지배자와 격차가 점점 줄고 있다. 조만간 역전될 것이 분명하다.

쉐리엔은 매월 1억 달러어치가 공급된다. 이걸 8억 달러에 파니 모든 비용을 제하고도 최하 7억 달러가 남는다.

한국 돈으로 매월 8,400억 원 정도가 쌓이는 것이다.

물론 이 중 20%는 법인세로 납부되어야 한다.

이걸 뺀 나머지는 5억 6천만 달러이다. 한화로 6,720억 원이다.

매월 순수입이 이러하니 레드마피아 조직 전체의 자금 순환이 원활해지는 것은 당연한 일이다.

레드마피아에 돈을 벌어주는 건 쉐리엔뿐만이 아니다.

지르코프가 관할하는 항온의류 역시 엄청난 돈을 벌어다 주고 있다. 아직은 많이 풀리지 않아 아는 사람보다는 모르는 사람이 훨씬 많은 물품이다.

그런데 항온의류를 접한 사람들은 하나같이 엄지손가락을

치켜든다. 디자인과 가격이 문제가 아니다. 춥고 긴 러시아의 겨울을 가뿐하게 보낼 수 있는 혁신적인 의류이다.

러시아 사람들에게 있어 항온의류는 보드카보다도 훨씬 좋은 것이다.

이것 역시 공급가 ×8 정도에서 풀리고 있다.

현재는 러시아 사람들에게 공급할 물량도 달리기에 다른 유럽 국가엔 팔지 않고 있다.

나중에 충분한 재고가 쌓이면 생각해 볼 일이지만 당분간은 그럴 가능성이 매우 낮다. 아무리 안 되어도 러시아 전역에 3억 벌 이상 풀려야 재고라는 게 생길 것이기 때문이다.

인구 1억 7천만 명인 러시아기에 1차로 주문한 8,000만 벌이 모두 들어와도 국내 수요조차 채우지 못한다.

말이 쉬워 8,000만 벌이다.

이걸 컨테이너에 담아 수송하려면 10,000TEU급 컨테이너선 한 척을 통째로 전세내야 한다.

참고로 이 컨테이너선의 제원은 길이 349m, 폭 46m 정도된다. 높이 277m짜리 63빌딩보다 72m나 더 긴 배다.

어쨌거나 이 배에 실린 컨테이너를 몽땅 하역해 놓으면 웬만한 부두는 꽉 찰 것이다.

참고로 콩고민주공화국 최대 항구인 마타디 항의 경우는 20피트짜리 컨테이너 3,500개가 수용 능력이다.

현재 항온의류는 전량 노보로시스크 항으로 보내진다.

상트페테르부르크는 러시아 컨테이너 물동량의 40% 이상을 점유하는 최대 관문 항이다.

그럼에도 노보로시스크로 보내는 이유는 지르코프의 영향력을 배가시켜 주기 위한 조치이다.

노보로시스크 항은 수입 화물 중 46%가량이 모스크바행 화물이다. 본격적으로 항온의류를 보내면 이 비율이 월등히 상승할 것이다.

인천 → 수에즈운하 → 상트페테르부르크 → 모스크바로 이동하는 종전의 노선에 비해 환적[6]을 거쳐야 함에도 불구하고 수송 시간 단축과 운임이 저렴하다는 이점도 있다.

지르코프는 항온의류라는 획기적인 상품으로 막대한 돈을 번다. 쉐리엔보다 훨씬 비싼 가격에 팔리기 때문이다.

뿐만 아니라 노보로시스크 항구를 중심으로 한 조직의 장악력과 영향력이 엄청나게 늘어나고 있다.

일석이조의 효과를 보고 있는 것이다.

실제로 노보로시스크 시장은 지르코프와 아주 긴밀한 연락 체계를 갖추기 시작했다.

합법적인 일로 막대한 세금을 납부한다. 당연히 도시 발전에 기여하는 바가 점점 커지고 있기 때문이다.

---

6) 환적[Transshipment] : 무역 거래에서 화물을 옮겨 적재하는 것. 신용장에 규정된 선적지로부터 목적지까지 화물을 운송하는 과정 중에 한 운송 수단으로부터 다른 운송 수단으로 양하 및 재적하는 것으로, 해상과 육상을 함께 이용하는 복합 운송에서는 일반적이다.

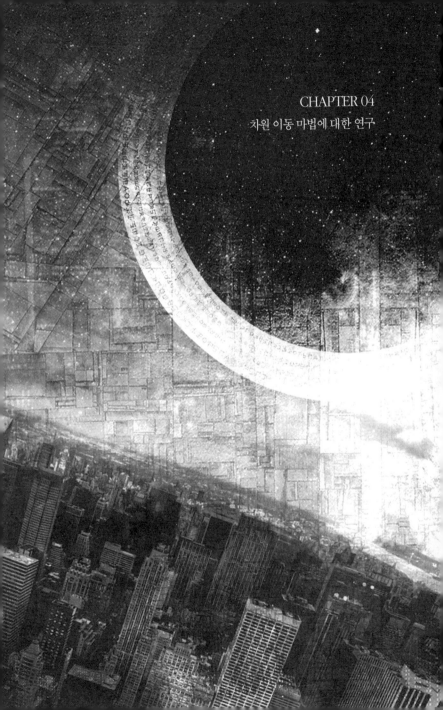

CHAPTER 04
차원 이동 마법에 대한 연구

전능의팔찌
THE OMNIPOTENT
BRACELET

　어쨌거나 현수 본인은 모르지만 졸지에 레드마피아 서열 2위가 되었다. 불의의 사고 등으로 알렉세이 이바노비치가 사망할 경우 레드마피아라는 조직 전체를 갖게 되는 것이다.

　아무튼 현수로 인해 레드마피아 전체에 여유 자금이 발생하는 중이다. 물론 그 액수는 조직원들의 상상을 초월한다.

　그렇기에 현수가 2인자가 되는 것을 반대하는 이는 없다. 현수만 이러한 사실을 모를 뿐이다.

　현수가 지구로 귀환한 후 에티오피아에서 한 일은 아와사 지역 4만㎢를 조차해 달라고 한 것이다.

에티오피아 정부는 현재 특별 법안을 만드는 중이다. 그것이 확정되면 도로와 철도 공사가 자동으로 따라온다.

천지건설이 또 한 번 대형 공사를 수주하게 되는 것이다.

다음엔 북한엘 다녀왔다.

파이프라인 연결 공사가 북한 영토를 통과하는 건이 말끔하게 매듭지어진 것이 성과이다.

아울러 수용소 등에 갇혀 있는 사람들을 몽골과 러시아에 조성될 이실리프 자치구로 보내준다는 것 역시 성과이다.

숙천유전과 이실리프 석유화학단지의 지분도 결정되었다.

귀국하여 대통령과 국정원, 통일부를 차례로 방문하여 방북 성과를 설명한 바 있다. 그리고 차얀다 가스전 관련 공사를 수주했음이 만방에 알려졌다.

그 과정에서 정년도 길어지고 급여도 늘어났으나 신경 쓰지 않는다. 그 정도는 이미 푼돈이기 때문이다.

다음은 미국 방문이다. 애초의 목적 두 가지 중 하나인 금괴 탈취는 성공적으로 마무리되었다.

그 결과 16,350톤의 금괴가 더 생겼다.

7,357억 달러, 한화로 832조 원의 가치이다.

우연히 윌슨 카메론을 만나 이실리프 빌딩 매입이 순조로웠고, 이실리프 트레이딩이 성공적으로 론칭되는 중이다.

록히드 마틴을 방문한 것만 성과가 없다.

총알세례만 잔뜩 받았을 뿐이다. 새로운 접근 방법을 강구한 뒤 다시 방문할 계획이다.

"아무튼 이곳에 17일이나 있었네. 저쪽은 어찌 되었을까? 성녀는 깨어났겠지? 흐음, 그건 가보면 알 일이고. 자, 그럼 한번 가볼까?"

의식적으로 팔찌를 살펴보았다. 차원 이동을 할 마나가 충분히 채워져 있는지 확인한 것이다.

"그나저나 이건 왜 이렇게 된 거지? 요즘은 늘 완충 상태잖아. 혹시 뭐가 잘못된 건가?"

현수는 문득 불안한 마음이 들었다.

만일 전능의 팔찌에 문제가 생겨 더 이상 차원 이동이 불가능해질 수도 있다는 생각 때문이다.

당장은 카이로시아와 로잘린의 마음을 아프게 하는 것으로 끝날 수 있다. 만일 그녀들과 가정을 꾸려 아이들을 본 다음에 문제가 생긴다면 진짜 큰일이다.

생이별하여 영원히 만나지 못하게 되기 때문이다.

반대의 경우도 있다. 아르센 대륙에 머물고 있다가 지구로 돌아가지 못하는 경우이다.

벌여놓은 일이 전부 엉망이 될 것이다.

"흐음, 늦기 전에 차원 이동 마법을 연구해야겠네."

현수는 갑자기 마음이 급해졌다. 하여 지하로 내려가 오랜만에 결계를 쳤다.

타임 딜레이 마법 역시 구현시켰다.

180:1의 시간 흐름이 조성된 것이다.

"이실리프 오픈!"

말이 떨어지기가 무섭게 스승 멀린이 수작업으로 만든 마법서가 허공에 둥실 떠오른다.

그동안 여러 차례 이 마법서를 접한 바 있다. 모두 필요에 의한 열람이었다. 다시 말해 보고 싶은 부분만 찾아 읽었다.

오늘도 그래야 할 것 같았다.

하여 색인에서 차원 이동 마법에 관한 글귀를 찾았다. 그러던 중 눈에 뜨이는 구절이 있었다.

『차원 이동에 관한 소고(小考)』

"이거다!"

서둘러 페이지를 넘겼다. 그리곤 정신없이 내용에 빠져들었다. 전능의 팔찌 덕분에 현수의 두뇌는 스승인 멀린보다 좋아진 상태이다.

읽으면서 이해하고 암기하는 수준을 넘어선 것이다. 읽는 순간 이해가 되고 굳이 노력하지 않아도 술술 외울 수 있다.

뿐만이 아니라 글자로 기록되지 않은 사항을 추정할 능력도 있다. 순식간에 논리가 만들어지고 그에 따른 추론이 만들어지는 것이다.

다음에 읽은 것은 『전능의 팔찌에 대한 소고』이다.

한번 팔목에 채워지면 영원히 빠지지 않는 것으로 알고 있었는데 그렇지 않았다.

9서클 마스터가 되면 의지로 해제할 수 있었다. 그리고 다시 착용할 수도 있고, 다른 사람에게 물려줄 수도 있었다.

이때 둘 다 혈액이 매개체가 된다.

다시 말해 둘 다 조금씩 피를 뽑아 마나의 맹약을 해야 새로운 주인이 만들어질 수 있었다.

멀린은 전능의 팔찌를 어떻게 만들었는지 일기 형식으로 기록해 두었다. 주재료인 아다만티움과 미스릴, 그리고 최상급 마나석만 있으면 추가로 만들 수도 있었다.

물론 만드는 방법은 매우 복잡하다.

멀린은 이걸 지구로 보낸 뒤 한 가지 착상을 했다.

전능의 팔찌에는 주인을 보호하기 위한 앱솔루트 배리어 발현 기능이 있다. 그런데 그것만으로도 부족한 경우가 발생될 수도 있다 생각한 것이다.

예를 들어, 주인이 펄펄 끓는 용암에 빠진다는 등의 특수한 경우이다.

이때를 대비하여 팔찌가 전신 갑옷으로 변하게 하는 새로운 마법진을 창안해 낸 것이다.

팔찌를 빼낸 뒤 안쪽에 정교한 마법진을 그려 넣고 구현만 시키면 가능한 일이다. 금속으로 전신을 감싸는 게 아니라 팔찌가 품고 있는 마나를 이용한 것이다.

용암에 빠지더라도 10분 정도는 버티게 할 것이란 추론이 쓰여 있었다. 멀린도 실제로 만들어본 게 아니라 정확한 시간을 확신할 수 없었던 것이다.

"흐음, 이건 나중에 해봐야겠군."

기록에 의하면 전신 마나 갑옷은 투명하다. 두께는 3~5㎜ 정도이며, 매우 유연하여 활동에 아무런 지장도 주지 않는다.

당연히 무게는 0에 가깝다. 그리고 두 개의 구멍만이 뚫려 있다. 숨을 쉬기 위한 것이다. 이마저도 의지가 발현되면 폐쇄되도록 했다. 진짜 비상시를 위한 조치이다.

페이지를 넘기며 자세히 내용을 살폈다. 그러는 동안 차원 이동 마법에 대한 구체적인 마나 배열이 이해되었다.

뚝 떨어진 서로 다른 차원에 두 개의 공간이 있다.

이(異)차원에 존재하는 서로 다른 공간 사이를 잇는 통로를 계산해 내야 한다.

물론 어마어마하게 복잡하고 긴 통로이다.

그 통로를 접어 공간과 공간이 맞붙게 한 뒤 이동하는 것이 주요 내용이었다.

왕복을 하려면 시간도 고려해야 한다.

통로를 맞닿게 하는 것만큼이나 매우 예민한 문제이니 수많은 경우를 다 감안해야 한다고 주석이 달려 있다.

"우와! 이거 상당히 복잡한 거였네."

현수는 고개를 끄덕이지 않을 수 없었다. 지금껏 익힌 어떤 마법보다도 고차원적이라는 걸 인정한 것이다.

"아! 이래서 그렇게 되는 거구나. 좋아, 이론은 확실히 알았네. 그런데 조금 어렵다. 조금 더 생각해서 확실해지면 팔찌 없이 시도해 봐야겠어."

현수가 결계 밖으로 나온 건 오전 9시가 넘어서이다.

외부 시간으로 7시간쯤이니 52.5일간 마법에 몰두해 있었던 셈이다. 원하던 바의 6할쯤은 알아냈다. 그나마 머리가 어마어마하게 좋아졌기에 가능한 일이다.

나머지 4할은 좀 더 시간을 갖고 연구해야 할 사항이다.

그리고 보니 배가 고파 먹은 빵과 우유, 그리고 주스 등의 양이 상당하다.

위층으로 올라가니 지현이 밥을 먹으라고 한다.

아침 일찍 일어나 음식을 만들었는데 지하실에 내려가 올라오지 않았다며 투덜거린다.

두어 번쯤 식은 음식을 데운 모양이다.

"저는 먼저 먹었으니까 천천히 꼭꼭 씹어서 드세요."

"그래, 잘 먹을게."

아침 메뉴는 현미 쌀밥에 얼큰한 된장찌개이다. 큼직큼직하게 썬 두부와 감자가 들어 있어 식감이 좋았다.

김치와 계란말이, 시금치 무침, 도토리묵, 상추와 깻잎 겉절이, 콩나물 무침, 쇠고기 장조림 등도 있다.

현수는 지금 52.5일 만에 먹는 한식이다. 된장찌개 한 숟가락을 입에 넣고 음미했다. 감탄사가 절로 나온다.

"캬! 좋다. 맛있어."

"어머! 정말요?"

지현의 얼굴에 방긋 미소가 어린다.

"그래, 진짜 맛있어. 고마워. 이런 음식 먹게 해줘서."

"호호! 고맙기는요. 자기가 맛있어 하니 다행이에요."

상당히 행복해하는 표정이다.

실제로 지현의 음식 솜씨는 상당히 괜찮다.

갑자기 일곱 살짜리 어린아이가 되어버린 모친 대신 수년간 권철현 고검장의 식사를 책임진 결과이다.

현수는 모든 음식을 음미하듯 천천히 씹어 삼켰다. 고소한 맛, 달콤한 맛, 짠맛, 그윽한 맛, 감칠맛까지 모두 느껴진다.

대마법사가 되면서 감각이 예민해져서일 것이다.

"오늘은 뭐 할 거예요? 오늘도 나가야 해요?"

"응, 만나볼 사람이 있어. 근데 바로 나갈 건 아니야. 이따 저

녁때쯤 볼 거야. 그때까진 우리 지현 씨랑 놀아야지. 안 그래?"

"그럼요! 우리 오랜만에 영화라도 한 편 봐요. 연애하면서 한 번도 극장에 못 간 거 알죠?"

"그랬나? 그래, 그럼 영화 보러 가자."

"진짜 갈 거죠? 예매할 거예요?"

"그래, 갈 거니까 예매해."

"호호! 좋아요."

지현이 발딱 일어나 컴퓨터로 간다. 그런 뒷모습을 보며 중얼거렸다.

"그깟 영화 한 편인데 저렇게 좋을까? 흐음, 내가 진짜 나쁜 남자인 건가? 그동안 무심했네. 참, 오늘이……."

문득 생각나는 게 있어 달력을 보았는데 의당 보여야 할 것이 보이지 않는다.

'뭐야? 1월에 있었던 거야?'

얼른 일어나 달력을 들춰보았다. 예상대로 1월 31일이 설날이었다.

"그때는… 아, 킨샤사에 있어서 그랬구나. 그런데 부모님이나 장모님께서 왜 말씀 안 해주셨지?"

킨샤사 저택엔 부모님과 장모님인 강진숙 여사가 머물고 있다. 그런데 설날 이야기를 아무도 하지 않았다.

그 나라 달력에는 설날이 표시되어 있지 않았고, 더운 지역인지라 깜박 잊었던 것이다.

"이런, 결혼하고 첫 설날인데 부모님과 장모님께 세배도 못 드렸네. 끄응! 벌써 보름 이상 지났는데 이제 와서 절을 한다고 하기에도 그렇고……."

현수는 뒷덜미를 긁적였다. 무안한 때문이다.

"안 되겠다. 가족들 생일이랑 결혼기념일, 설날, 추석 정도는 핸드폰에 입력해 놔야지."

서둘러 식사를 마치곤 연희와 지현, 그리고 이리냐의 생일과 장모님들의 생일 등을 입력했다.

그날이 되기 사흘 전에 알람이 울리게 조치한 것이다. 충분한 시간을 갖기 위함이다.

"휴우! 이젠 까먹지 않겠지. 근데 뭐하지?"

슬쩍 안방을 보니 지현은 패션쇼 삼매경에 빠져 있다. 외출할 때 입고 나갈 옷을 고르느라 여념이 없는 것이다.

피식 웃고는 설거지를 시작했다.

멀린이 창안한 워싱 업(washing up)이란 마법이 있다.

그런데 이건 아르센식 설거지이다. 약간 따뜻해진 물이 투박한 접시 표면의 이물질을 제거하는 정도이다.

한국인들이 요구하는 수준의 설거지는 아니라는 뜻이다.

그렇기에 마나 배열을 보다 정교하게 바꾸기 전엔 해보나 마나 한 마법인지라 쓰지 않고 있다.

"루루루~ 루루~ ♬~♬♩~ 룰루루~ ♪~♪♬~"

저도 모르게 나직이 흥얼거리며 접시며 대접을 닦았다.

그렇게 약간의 시간이 흘렀다. 제법 많던 그릇이 얌전히 포개져 물기가 흘러내리고 있다.

"자기, 그 노래 듣기 괜찮네요. 처음 듣는 곡인데 그것도 다이안 줄 거예요? 근데 음역이 조금 낮은 것 같아요."

"뭐라고?"

"방금 허밍으로 부른 그 노래 멜로디가 좋다구요. 근데 걸 그룹이 부르기엔 음이 조금 낮지 않아요?"

"…잠깐만, 남은 건 지현 씨가 좀 해줘. 나 갑자기 급한 일이 있어서."

현수는 지현의 대꾸도 기다리지 않고 고무장갑을 벗었다. 그리곤 쿵쾅거리며 계단을 올라가 서재로 들어갔다.

다시 내려온 것은 반시간도 더 지나서이다.

"악보 다 그렸어요?"

현수가 뭘 했는지 훤히 꿰뚫고 있다.

"응. 괜찮은 거 같아."

"다이안 요즘 바짝 뜨고 있는데 더 좋아지겠어요."

"다이안? 아냐. 이건 윌리엄이라고, 이번에 미국에서 만난 젊은 친구에게 줄 곡이야."

"윌리엄이요?"

대체 누구를 말하느냐는 표정이다.

"응. 그로모프 교수님의 손잔데 노래를 아주 잘 불러. 내게 작곡을 부탁했거든."

"아, 그래요?"

"잠깐만, 이거 이메일로 보내고 옷 갈아입고 나올게. 조금 기다려줘."

"네, 영화 시작하려면 아직 시간 있어서 괜찮아요."

지현이 상냥한 미소를 지어 보인다.

잠시 후, 현수는 청바지에 후드티를 걸치고 내려왔다. 손에는 이실리프 어패럴에서 제작한 항온의류가 들려 있다.

밖이 제아무리 추워도 추위를 느끼지 못할 것이다.

"지현 씨도 항온의류 입을 거지?"

"그럼요. 요즘 그거 없으면 못 지내요. 얼마나 요긴하게 입는지 몰라요. 자기 덕이에요."

지현이 또 환히 웃는다.

요즘 서울중앙지검 직원들은 추위를 모른다. 지현으로부터 옷을 한 벌씩 선물 받은 때문이다.

이실리프 어패럴에서 보내온 항온의류를 나눠 준 것이다.

입기만 하면 추위하곤 완전히 아듀를 하는 정말 신기한 옷이다. 그렇기에 사무실 근무가 끝나는 즉시 그것으로 갈아입는다. 아웃도어 용으로 제작한 것이라 근무복으론 적합지 않기 때문이다.

지현은 현재 전 세계에서 가장 많은 항온의류를 가졌다. 박근홍 사장이 특별 제작한 것들을 보내준 것이다.

이실리프 어패럴에서 겨울용으로 제작하는 여성용 디자인은 모두 67가지이다. 그것을 전부 만들어 보내온 것이다.

서울중앙지검으로 따로 세 박스나 보내줬기에 나눠 줄 수 있었던 것이다. 하여 권철현 고검장 부부와 외조부도 항온의류 덕을 보는 중이다.

어쨌거나 현수와 지현은 서로 조화를 이루는 디자인의 옷을 입고 대문을 나섰다. 밖으로 나가자 근거리 경호를 맡은 토탈 가드 요원이 다가온다.

"어라! 현인구 팀장 아니십니까?"

"네, 오랜만에 뵙습니다."

"팀장님이 어떻게 여길⋯⋯?"

내근만 하는 걸로 알았기에 의아하단 표정이다.

"팀장이기 이전에 저도 경호원입니다. 날씨도 추운데 직원들만 고생하는 거 같아서 교대해 주러 나왔습니다."

"아, 그렇군요."

처음 보았을 때의 느낌처럼 상당히 괜찮은 사람인 듯싶다.

"근데 두 분, 어디 가십니까?"

"네, 아내가 영화 구경을 가자고 해서요."

"아, 알겠습니다. 차를 가져가시나요?"

"네, 그럴 생각입니다."

"알겠습니다. 그럼 저희가 경호를 하죠."

말을 마친 현 팀장은 경호 용어로 현수 부부의 외출을 알렸다. 즉시 주변이 어수선해진다.

모두 출동 준비를 하는 것이다.

잠시 후, 현수가 모는 노란색 스피드는 여덟 대의 경호 차량에 둘러싸인 채 도로를 주행했다.

현수가 탄 차는 각종 마법으로 도배되어 있다.

웬만한 방탄차는 명함도 못 내밀 정도로 탄탄하다.

스트랭스 다이아몬드 스킨, 그리고 결정적인 순간에 구현되는 앱솔루트 배리어 마법진이 그려져 있다.

거기에 만약의 사태를 대비하여 전후좌우를 감싼 경호 차량들이 현수의 속도에 맞춰 이동하고 있다.

집을 떠나고 얼마 지나지 않았을 때 지현이 운을 떼었다.

"자기야, 저분들 고생하시는데 항온의류라도 어떻게 해봐요. 밖이 엄청 춥잖아요."

오늘 새벽 서울의 최저 기온은 −11℃였다. 해가 뜬 이후 온도가 많이 올라갔지만 −5℃이다.

핫 팩이나 발열 조끼 같은 걸 입겠지만 바람 부는 날 밖에서 있었으니 반쯤 동태가 되었을 것이다.

"그래, 알았어. 박근홍 사장님하고 통화하게 전화 연결 좀 해줘."

지현이 현수의 폰으로 박 사장에게 전화를 걸었다.

벨이 울리자마자 받는 모양이다.

"네, 회장님."

"아이고, 제발 그러지 마세요. 회장님이라니요."

"하하, 회장님이니까 회장님이라 부른 겁니다. 그건 그렇고, 일요일인데 무슨 급한 일 있으십니까?"

"우미내 우리 집 근처에 저와 아내를 경호해 주는 경호원들이 있습니다. 이분들에게 항온의류를 제공하고 싶어서요."

"아! 날씨도 추운데 고생하는 분들이네요. 알겠습니다. 즉시 조치를 취하겠습니다."

"네, 부탁드립니다."

"아이고, 부탁이라니요. 회장님을 위해 애쓰시는 분들이니 당연히 그래야지요."

"네, 수고 좀 해주세요."

통화를 마치자 지현이 또 웃는다.

"이분들 말고 아버지와 어머니, 그리고 외할아버지 경호하는 분들도 있어요."

"에구, 잊고 있었네. 다시 통화하기 그러니까 지현 씨가 문자 넣어줘. 그분들에게도 항온의류가 가도록."

"네, 알았어요."

극장 근처에 당도하여 주차장에 차를 댔다.

눈에 확 뜨이는 노란색 스포츠카와 여덟 대의 시커먼 경호 차량이 한꺼번에 당도하자 사람들의 시선이 쏠린다.

차에서 내린 현수와 지현은 누가 봐도 선남선녀다.

"우와! 저 사람은? 맞다! 천지건설 김현수 부사장이다!"

"어디, 어디? 어! 진짜다! 대박!"

"우와! 부인, 진짜 미인이다. 안 그러냐?"

"헐! 진짜 김현수다! 찍어! 어서 사진 찍어!"

현수와 지현은 고개를 숙이거나 카메라 렌즈를 피하려는 몸짓을 하지 않았다.

둘의 얼굴은 언론을 통해 수없이 보도되었다. 그 결과 거의 인기 최절정의 연예인 급으로 알려져 있다.

따라서 얼굴을 알아볼 것이라 예상했다. 그렇기에 사진을 찍거나 말거나 예매한 표를 발급 받아 입장했다.

탄산음료인 콜라 대신 헛개차를 샀다.

지현의 가방 속엔 영화 보면서 먹으려 만든 쿠키가 들어 있기에 팝콘은 사지 않았다.

둘이 본 영화는 로보캅 2014이다. 실버 슈트를 입은 로보 캅의 권선징악에 관한 내용이다.

액션 영화이니 당연히 총 쏘는 장면 등이 많았다.

어릴 때 로보캅을 재미있게 보았다는 지현은 금방 몰입한다. 현수도 같이 보았지만 느끼는 바는 다르다.

영화에 등장하는 각종 무기를 유심히 본 때문이다.

'흐음! 슈트가 괜찮네. 시간 날 때 전신 아머 마법진 공부를 해야겠군.'

전능의 팔찌 안쪽에 오토 인스톨레이션 아머 마법진을 그려 넣기로 마음먹은 것이다.

'흐음, 전투기도 덩치가 클 필요가 없는 거잖아. 수직 이착륙이 가능해지면 아무 데나 배치할 수도 있는 거고.'

현수는 앤티그래비티(Antigravity) 마법을 떠올렸다. 멀린이 만들다 만 마법 목록 중에 있는 것이다.

이것은 반중력 마법이다.

특정 물질에 이 마법을 구현시키면 질량이 사라진다.

질량이 없다 함은 지구의 중심이 잡아당기는 힘이 제로가 됨을 뜻한다.

당연히 허공에 놓아도 떨어지지 않는다.

참고로, 아무리 커다란 물체라 하더라도 질량이 0이 되면 세 살 먹은 어린애도 쉽게 들 수 있다.

멀린은 질량 제거 마법부터 시작했다. 그 결과 반중력 마법의 이론은 정립되었다. 실제로 질량이 0이 되게 하여 무거운 바위가 허공으로 솟구치게 하는 것까지는 성공했다.

하지만 그 뒤의 연구가 없다. 그래서 미완성 마법 목록에 등재되어 있는 것이다.

이 마법을 완성시키려면 수직 상승하는 속도를 제어하는 기능이 추가되어야 한다. 너무 빨라도 안 좋고 너무 느려도 좋지 않다. 원하는 수준의 속도를 낼 수 있어야 한다.

다음은 일정 고도를 유지시키는 기능이다. 하늘 높은 줄 모르고 솟아오르면 태양계를 벗어날 수도 있다.

이 마법으로 현존하는 전투기를 일정 고도까지 상승시키거나 착륙시킬 수 있게 되면 독도함도 항모가 될 수 있다.

해군에 엄청난 도움을 주게 되는 것이다.

공군도 마찬가지이다.

F—15K나 KF—16 같은 전투기가 수직 이착륙기가 된다면 웬만한 주차장에 내려앉거나 이륙할 수 있게 된다.

작전 운용에 상당한 변화를 줄 수 있다.

KAI에서 개발 중인 KF—2015 또한 대대적인 변모가 가능하다. 엔진을 축소 마법으로 줄이면 부피가 줄어든다.

전투기 내부에 공간 확장 마법을 걸어주면 현재보다 더 많은 미사일을 탑재할 수 있다.

반대로 미사일에 축소 마법을 거는 방법도 있다.

날개를 접는 기술은 이미 있으니 그걸 적용시키면 승용차만 한 전투기도 가능하다.

이게 수직 이착륙을 한다면 어디든 공군을 배치할 수 있다. 새로운 작전 개념 수립이 가능해지는 것이다.

"흐음! 이건 연구해 볼 가치가 있겠어. 그나저나 연구소는 탐나네."

이제 곧 이실리프 아카데미를 만들 생각이다. 그리고 이실리프 연구소도 구상하고 있다.

처음엔 이번에 인수한 KAI의 연구소를 쓸 생각이었다.

그런데 그곳은 보안이 취약하다. 또한 외부로부터의 공격이 전혀 고려되어 있지 않다.

KAI와 퍼스텍, 그리고 세트렉아이에 근무하는 사람들에겐 조만간 사원증이 일괄 배부될 예정이다.

이들은 주요 인물로 연구소가 지어지는 대로 이동 배치될 것이다.

"록히드 마틴 정도는 되어야겠지?"

무자비한 총탄세례를 떠올린 현수는 머릿속으로 구상을 시작했다.

"뭔 생각을 그리 골똘히 해요?

아내와 둘이 있을 때는 집중해 주자는 생각을 하였다. 이실리프 연구소 등에 대한 생각은 털어냈다.

"응? 아냐, 아무것도. 그나저나 영화 괜찮았어?"

"네, 재미있게 봤어요. 자기는요?"

"나도 재미있었지. 근데 이제 우리 뭐해?"

둘은 가까운 마트로 이동했다. 나온 김에 장을 본다니 어쩌겠는가!

현수가 밀고 있는 카트엔 굵은 무 세 개와 배추 열 포기가 들어 있다. 김치를 담그려는 것이다.

"그나저나 장 다 보면 자기 먼저 집에 가."

"약속 있어요?"

"응. 누굴 좀 만나보려 해. 늦지 않게 갈게. 먼저 가서 기다려. 근데 못 도와줘서 어쩌지?"

혼자 김치를 담그려면 손이 많이 가기에 한 말이다.

"배추 절이는 데 시간 걸리니까 자기가 너무 늦지만 않으면 도와줄 수 있어요."

"알았어. 최대한 빨리 일 보고 갈게."

식품 매대를 쭉 돌아 필요한 것들을 사서 트렁크에 넣어주었다. 집에 가서 내리는 건 경호원들에게 부탁하라 했다.

"최대한 일찍 갈게."

"천천히 일 보고 오세요. 먼저 갈게요."

경호원 중 토탈 가드, 스페츠나츠 팀이 지현을 따라갔다. 나머지 인원도 꽤 많기에 부담스러웠지만 어쩌겠는가!

육군, 해군, 공군 참모총장들이 보호해 주겠다고 보내온 인원이다. 다행인 것은 근접 경호는 하지 않는다는 것이다.

아무튼 경호원들과 함께 약속 장소로 이동했다.

"아! 어서 오십시오, 김현수 사장님."

"네, 반갑습니다."

"반갑습니다. 허창식입니다. 이건 제 명함입니다."

오늘 만나는 사람은 미국을 왕복할 때 편의를 제공한 항공사 그룹의 건설사 사장이다.

시공능력 평가순위 18위이니 결코 작은 회사는 아니다. 하지만 천지건설에 비하면 새 발의 피다.

천지건설이 너무 큰 때문이다.

상대가 준 명함을 받아 이름을 확인했다.

"자, 올라가시지요."

"네, 그러지요."

허 사장의 안내를 받아 이동한 곳은 호텔 최상층에 위치한 라운지[7]의 룸이다.

창밖 야경이 그럴듯하게 보이는 좌석이 있다.

"만나주셔서 고맙습니다."

허 사장은 자신보다 훨씬 어린 현수에게 정중히 예를 갖춘다. 어찌 이것을 받고만 있겠는가!

현수는 그런 인품이 아니다. 하여 허 사장보다 더 깊숙이

---

7) 라운지(Lounge): 호텔이나 극장, 공항 따위에서 잠시 쉬어 갈 수 있는 곳이나 만남의 장소. 휴게소.

고개를 숙였다.

"별말씀을 다 하십니다. 제가 뵙자고 청한 겁니다."

"그래도요."

현수의 말처럼 먼저 만나자고 연락을 주었다. 하지만 속내를 들여다보면 본인이 만나달라고 간청한 것이나 다름없다.

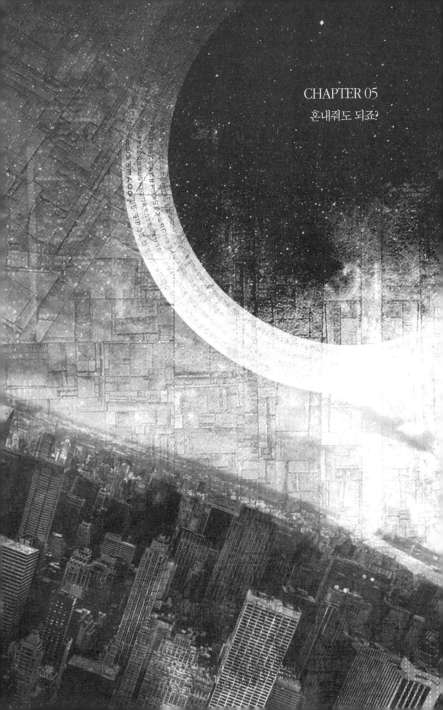

CHAPTER 05
혼내줘도 되죠?

요즘 회사 사정이 엉망이다. 아파트 미분양 물량이 너무 많이 쌓여 자금 회전에 어려움을 겪는 중이다.

천지건설에서 나눠 주는 일감을 받지 못하면 부도 위기까지는 아니지만 더 큰 어려움을 겪을 것이다.

그렇기에 만나달라는 청을 간접적으로 넣은 것이다.

"허 사장님, 외람된 말씀이지만 제가 시간이 넉넉하지 못합니다. 그러니 일 이야기부터 하지요."

"네, 그러시죠."

웨이터가 차를 내오기도 전에 대화가 시작되었다.

결론부터 말하자면 허 사장은 기대했던 대로 상당히 큰 공사를 맡게 되었다.

최근 들어 천지건설은 어음 사용을 중단했다. 그리고 건설사들의 고질인 질질 끌다 결재해 주기도 하지 않는다.

모든 결제는 현금이다. 그리고 공사대금은 바로 지불한다. 하청을 받기만 하면 돈 걱정 없이 공사할 수 있는 신뢰받는 기업이 된 것이다.

허 사장은 만면에 미소를 짓고 돌아갔다.

며칠 후, 현수의 책상엔 항공사 카드 한 장이 당도한다.

전에 탔던 항공사의 비행기를 무제한 사용할 수 있는 프리패스 카드이다.

이걸 제시하면 동반 1인까지 무조건 최고급 좌석이 배정된다. 기내 서비스 역시 최상급이다.

비용은 없다. 일체가 무료이다.

허 사장과 헤어진 현수는 경호 차량에 동승하여 우미내로 돌아왔다. 오는 동안 경호요원들의 어려움을 파악했다.

절대 아니라고 했지만 식사와 추위, 그리고 잠자리가 불편할 것이다.

"자기, 생각보다 일찍 왔네요?"

"그치? 김치 담그는 거 도와주려고 뛰었어. 내가 뭘 해주면 돼?"

들어가자마자 옷부터 벗으며 한 말이다.

"호호, 정말 도와줄 거예요?"

"뭐든 말만 해. 도와줄게."

"그럼 욕실에서 배추 절인 거 물 좀 빼줘요."

"오케이!"

이런저런 이야길 하며 김치를 담갔다. 경호원들에 관한 이야기도 당연히 했다.

추위는 곧 지급될 항온의류로 말끔히 해결될 것이다.

식사는 인근 식당을 무료로 이용할 수 있도록 지현이 조치하겠다고 한다.

문제는 잠자리이다.

경호 차량에서 교대로 자는데 몹시 불편할 것이다. 이것은 컨테이너로 해결할 생각이다.

온열 기능이 있는 간이침대와 전기난로를 넣어주면 될 것이다. 전기는 집에서 끌어다 쓰면 된다.

어머니께서 동네 인심을 잃지 않았기에 공터에 컨테이너 하나쯤 가져다 놓는 것은 아무런 문제가 없을 것이다.

"가끔 간식이라도 해서 줘. 고생하잖아."

"네, 그렇지 않아도 그러려고 했어요. 샌드위치나 햄버거 이런 걸로 만들어서 줄게요."

"그래!"

현수가 고개를 끄덕이자 지현이 고춧가루가 묻어 빨개진 고무장갑을 벗으며 환히 웃는다.

"그나저나 자기가 도와줘서 일찍 끝났네요."

"그치? 자, 이제 치우고 자자."

"피이! 또… 그러려고 그러죠? 그죠? 으이그, 짐승!"

현수는 피식 웃었다.

"그거야 지현 씨가 너무 예쁘고 섹시하니까 그렇잖아. 그러니까 얼른 치우고 얼른 자자. 알았지?"

"쳇! 누구 좋으라구요?"

지현이 짐짓 삐친 척하지만 내심은 아니다. 손놀림이 빨라진 것이 반증이다.

다 치우고 샤워를 마친 둘은 곧바로 침대로 갔다. 그리곤 2세 제조 작업에 착수했다.

워낙 중요한 일인지라 땀까지 흘린다.

결국 지현이 먼저 나가떨어진다. 당연한 귀결이다.

코오오~! 코오오오~!

"후후! 딥 슬립! 잘 자."

샤르르르릉─!

지현이 가늘게 코를 골며 잠에 빠져든다. 현수의 체력을 도저히 감당할 수 없어 지쳐 버린 때문이다.

"자, 오랜만에 가보자. 트랜스퍼 디멘션!"

샤르르르르르릉—!

현수의 신형이 안개처럼 스러진다.

2014년 2월 18일 월요일 새벽에 일어난 일이다.

*   *   *

"허어, 녀석!"

현수는 바닥에 떨어져 있는 이불로 곤히 잠든 이냐시오를 덮어주었다.

피곤했던지 코까지 골고 있다.

이곳 시각으로 어제 오후 이냐시오는 하켄 공작의 검법을 전수 받았다.

불필요한 군더더기가 제거된 반쯤 새로운 검법이다.

조금 강도 높은 훈련을 시켰더니 힘들다고 했다. 그때마다 바디 리프레쉬 마법을 걸어주었다.

그리곤 거의 휴식 시간 없이 수련에 몰두하도록 강요했다. 이냐시오를 하루빨리 소드 마스터로 만들기 위함이다.

그래야 약속으로부터 자유롭기 때문이다.

그런데 이냐시오의 성품은 너무도 여려서 어찌 보면 우유 부단할 지경이다.

그렇기에 판테온 후작가의 장남 등으로부터 빵셔틀을 당한 것이다. 강하게 반발했으면 안 보이는 곳에서 몇 대 맞는 것으로 끝났을 것이다.

"흐음, 이 녀석을 어떻게 소드 마스터로 만들지? 흐으음."

팔짱을 낀 채 나직이 한숨을 쉬었다. 그런데 침대 곁에 병기점에서 산 검이 놓여 있다.

"하려는 의지가 있으니 언젠가는 되겠지. 그나저나 아픈 데는 없겠지. 일단 확인해 보자. 마나 디텍션!"

샤르르릉―!

이냐시오의 체내로 스며든 마나가 현재의 상태를 속속들이 보고한다. 문제가 될 만한 곳은 없다.

마나가 적을 뿐이다.

"흐음, 적당한 심법을 찾아야겠군."

아공간에서 여러 서책을 꺼냈다. 하켄 검법과 조화를 이룰 만한 것을 찾는데 그리 오랜 시간이 소요되지 않았다.

"이 정도면 되겠지? 후후후!"

잠에서 깨어나면 좋아할 것을 생각하곤 나직이 웃었다.

"내친김에……."

아공간에서 미스릴 반지 하나를 꺼냈다. 그리곤 마법진들을 새겨 넣었다.

첫째는 바디 리프레쉬이다. 고된 수련을 겪더라도 금방 피로가 풀리라는 의도이다.

둘째는 임플로빙 이뮤너티이다. 면역력이 높아야 자질구레한 질병에 시달리지 않는다.

셋째는 정말 위급한 순간에 발현되는 앱솔루트 배리어 마법진이다.

어렵게 키워냈는데 맥없이 죽어버리면 안 되기에 처조카를 사랑하는 마음으로 무리해서 새겨 넣었다.

제법 상급 마나석을 요구하는 마법진인 것이다.

"흐음, 이 정도면 되겠지."

반지를 이냐시오의 머리맡에 놓고는 방을 나섰다.

아무도 깨어나지 않았을 신새벽이기에 머릿속을 정리하면서 산책하려 나선 것이다.

"흐음, 엄 팀장으로부터 아직 보고를 못 받았군. 월슨에게도 돈 보내주라고 해야 하네."

이리냐에게 연락하여야 할 일이다. 혹시 잊을까 싶어 다이어리에 메모해 두었다.

"전투기 구상도 마저 해야 해. 그나저나 록히드 마틴에도 다시 가야 하는군."

대체 무엇을 감춰두었기에 그토록 철저하게 보안을 하는지 알 수는 없다. 기술적인 것은 아닌 듯싶다.

사장이 첨단 기술의 세세한 부분까지 모두 꿰고 있어야 하는 건 아니기 때문이다.

"가에탄 카구지 장관과 조셉 카빌라 대통령도 면담해야 하고, 우간다와 케냐도 가야 하는군."

계속해서 메모를 하며 홀로 중얼거렸다. 이때 멀리서 다가오는 인영이 있다. 이곳 시각으로 어제 만난 토리나 백작이다. 현수를 보더니 걸음을 빨리해 다가선다.

"아! 이냐시오의 고모부시군요. 그쪽도 아침 일찍 산책하나 봅니다."

"네? 아, 네에."

굳이 부인할 의사가 없기에 고개를 끄덕여 주었다.

"상단에는 안 계시다 하셨는데 그럼 무슨 일을 하십니까? 귀족이신 거죠?"

아카데미 원장은 몹시 궁금한 눈빛이다.

백작가의 후손인 이냐시오가 고모부라 했으니 귀족이긴 할 것이다. 그런데 한 번도 본 적이 없다.

기억력이 좋아 한 번 본 사람은 잊지 않는다.

뿐만 아니라 라이서 제국의 거의 모든 귀족을 꿰고 있다.

심지어 열 살 미만 아이들도 웬만하면 다 안다. 언젠가는 아카데미의 학생이 될 것이기 때문이다.

그런데 현수는 원장의 레이더에 걸리지 않는 인물이다.

그렇기에 밤새 누구일까 고심하느라 잠을 자지 못하고 있다가 답답해서 나온 것이다.

"귀족 맞습니다. 그리고 이레나 상단에선 일하지 않지요."

"아! 그럼 다른 상단에 계시는 모양이군요?"

"다른 상단이라면… 뭐 그렇게 생각할 수도 있겠네요."

"그럼 대륙의 5대 상단 중 하나겠군요."

"아닙니다. 미판테 왕국에 있는 하인스 상단이죠."

"하인스 상단이요?"

한 번도 들어보지도 못한 상단 이름이기에 토리나 백작이 고개를 갸웃거린다.

"생긴 지 1년도 안 되어 아직 모르실 겁니다."

"아, 그래요? 그렇군요."

자신의 기억에 없으니 당연하다는 표정이다.

"참! 성함이 어찌 되십니까?"

"하인스입니다."

"아! 하인스님이군요."

방금 하인스 상단이라는 말을 들었음에도 토리나 백작은 현수가 상단주일 거라는 추측은 하지 못한다.

그러기엔 너무 젊기 때문일 것이다.

그리고 하인스라는 이름은 세실리아라는 이름과 더불어 대륙에서 제일 흔한 이름이기 때문이다.

"그런데 뭐 하나 물어봐도 되겠습니까?"

"네, 말씀하십시오."

"하인스님은 마법을 익히신 듯합니다."

"…네, 익혔지요."

"제가 보아하니 자질은 괜찮은 듯싶습니다. 더 정진하시길 권유 드립니다."

"네? 아, 네에. 알겠습니다."

슬쩍 살펴보니 토리나 백작은 5서클 마법사이다.

10서클 마스터에게 5서클 유저가 마법 공부 더 하라는 소리를 했다. 어찌 웃음이 나지 않겠는가!

하지만 억지로 참아냈다. 상대가 진심을 담아 충고한 것이기 때문이다.

보아하니 천성이 남 가르쳐 주기를 좋아하는 사람 같다.

"아카데미의 본격적인 수업은 보름 정도 더 있어야 시작됩니다. 개강을 하면 이곳에 머무실 수 없으니 마법을 익힐 의향이 있다면 그전에 날 찾아오십시오."

"말씀만이라도 고맙습니다. 감사합니다."

고개 숙여 감사를 표했다.

"그나저나 미판테 사람이십니까?"

토리나 백작의 눈이 빛나고 있다. 뭔가 알고 싶은 게 있는 모양이다.

"그건 아닙니다. 일 때문에 그곳에 머물렀지요."

"아! 그러시군요. 그런데 요즘 그쪽은 어떻습니까?"

뭘 물어보는 건지 대상이 모호하다.

"네? 그게 무슨……?"

"아드리안 공국을 협공한 3개국 중 미판테 왕국이 끼어 있잖습니까. 그곳 케발로 영지라는 곳에서 헬 파이어 마법이 시전되었다는데 혹시 보셨습니까?"

상단 관계자들은 일 때문에라도 엄청나게 돌아다닌다. 그렇기에 혹시나 하는 마음에 물어본 것이다.

현수 입장에선 그 마법을 시전한 장본인이니 현장 목격자 중 하나인 셈이다.

"네, 보았습니다."

"어, 어느 정도입니까? 정말 소문대로 어마어마한가요?"

몹시 궁금하다는 표정이다.

"뭐, 마법 시전 범위가 상당하긴 했죠. 반경 200m 정도가 작살났으니까요. 폭심지라 할 수 있는 곳은 땅거죽이 녹아 유리질이 될 정도로 초고온이었습니다."

"그, 그리고요?"

"오크와 오거는 물론이고 트롤 등이 무수히 죽었습니다. 삼천 마리는 훨씬 넘은 것 같습니다."

"네? 사, 삼천 마리나요?"

"8서클 헬 파이어였으니까요."

"아! 그걸 가서 봤어야 하는데 안타깝네요."

토리나 백작은 아카데미에 묶여 있는 몸이다.

하여 현장에 가서 확인하지 못하고 이렇게 말로만 전해 듣는 것이 못내 아쉽다는 표정이 역력하다.

"가서 봐봤자 별거 없습니다. 시전 범위가 조금 넓고 초고열이었다는 것 이외엔 특별할 게 없으니까요."

"그래도요. 지금은 가봤자 흔적도 없이 다 사라졌겠지요?"

"아마도요."

현수가 고개를 끄덕이자 고개를 설레설레 흔든다.

"아! 아쉽습니다. 내 평생의 소원이 헬 파이어 마법을 한번 보는 겁니다."

"……!"

토리나 백작은 '여기다 한번 날려줄까?' 하고 싶을 정도로 진한 아쉬움을 드러내고 있다.

"그걸 보는 게 소원인 겁니까, 아니면 이실리프 마탑주를 보는 게 소원입니까?"

"당연히 둘 다죠. 매지션 로드이신 그분을 뵙는 건 우리 같은 마법사에게 있어 평생의 광영이 되는 일입니다."

"그런가요?"

"네. 하인스님은 이제 겨우 1서클이라 아직은 마법사라 부를 수 없습니다. 그러니 이런 마음을 모르는 겁니다."

"아, 네."

1서클 취급하는 게 웃겼지만 가볍게 고개만 끄덕여 주었다. 이제 와 10서클 마스터라 밝힐 수 없기 때문이다.

"먼발치에서라도 그분을 한 번만이라도 뵙는다면 여한이 없을 것 같습니다. 아……!"

이루어질 수 없는 소원을 말하는 듯한 기분이었는지 나직한 탄성을 낸다.

"참, 판테온 후작가의 장남과 리먼 백작가의 차남, 그리고 레온 자작의 장자와 뉴트먼 자작의 삼남, 헤세 남작의 외아들, 갈베리온 남작의 차남, 피아렌 백작의 둘째 딸과 요세핀 자작의 장녀가 못된 짓을 일삼는다는 거 아십니까?"

"네? 아! 이냐시오에게 들으셨군요."

한국의 학교에 가서 교장에게 돈 좀 있는 집 아이들 이름을 대며 그들이 일진회 소속으로 못된 짓을 한다는 걸 아느냐고 물으면 이렇게 대답한다.

"네? 그 아이들이요? 설마요. 아닙니다! 우리 아이들은 결코 그런 아이들이 아닙니다. 어디서 뭘 잘못 들으신 듯합니다. 다시 한 번 확인해 보세요. 절대 아닐 테니."

조사 결과 사실로 드러나면 피해 학생을 불러 입단속하기에 바쁘다.

교장들이 이러는 이유는 소위 '학교의 명예'라는 것 때문이다. 인격도 없는 학교 따위에 무슨 명예가 있다고 피해자와 가해자를 뒤바꾸는 일을 서슴지 않는지 의심스럽다.

그런데 토리나 백작은 다르다.

아느냐 물었더니 더 생각할 것도 없다는 듯 고개를 끄덕인다. 아카데미의 명예 따윈 고려치 않는 모습이다.

한국의 어느 정신 나간 교장과는 사뭇 다르다.

"그 녀석들이 조직적으로 다른 아이들을 괴롭히고 있음을 알고 있습니다."

"그런데 왜 징계하지 않지요?"

"아카데미의 원장으로서 그래야 함이 마땅합니다. 그런데 정치적인 부분 때문에……."

한국과 아르센이 다른 점은 사회 구조뿐만이 아니다. 국가가 경영되는 사회 체제도 확연히 다르다.

토리나 백작이 악행을 문제 삼지 못하고 볼 때마다 타이르기만 하는 이유는 사건을 공론화시킬 경우 피해 학생의 부모가 또 다른 피해를 입기 때문이다.

예를 들어, 판테온 후작가의 장남 카엘 판테온 드 라이센은 이냐시오 에델만 드 로이어를 폭행하고 금품을 갈취했다.

이걸 문제 삼아 카엘을 징치하는 건 어렵지 않다. 학칙에 의하면 퇴학이다.

지구로 생각해 보면 판테온 후작가에서 가문의 명예를 훼손시킨 카엘에게 벌을 가하는 것이 정상이다.

그런데 아르센 대륙에선 이렇게 하지 않는다.

이냐시오라는 존재 때문에 가문의 명예에 흠집이 생겼다며 거꾸로 로이어 영지를 상대로 영지전을 벌인다.

힘이 셀수록, 작위가 높을수록 이럴 확률이 대단히 높다.

토리나 백작이 아카데미 원장이면서도 악행을 바로잡지 못하는 이유가 여기에 있다.

작은 문제를 해결하려다 더 큰 문제가 발생될 소지가 있기에 힘이 있어도 투사하지 못하는 것이다.

아이들도 이런 걸 눈치챘다. 그렇기에 완전히 공론화되지 않는 범위 내에서만 악행을 벌인다.

"그래서 못하고 있는 겁니다. 이냐시오가 괴롭힘을 많이 당한 건 알지만 이레나 상단에 피해가 갈까 싶어 그런 것이니 양해해 주셨으면 합니다."

"원장님의 입장은 알겠습니다. 그래도 그냥 넘어갈 문제는 아닌 듯하군요. 하여 그 녀석들에게 제가 약간의 훈계를 가하고자 합니다. 혼 좀 내줘도 되는지요?"

"그건… 휴우! 네, 너무 심하지 않는 한도에서, 그리고 다른 녀석들이 눈치채지 못하는 정도에서 그쳐주십시오."

토리나 백작은 어쩔 수 없이 허가를 할 수밖에 없다. 이냐시오가 어떤 꼴을 당했는지 모두 알기 때문이다.

고모부이니 이런 반응은 당연한 일이다.

그리고 현수가 외국인이라 생각한 때문이기도 하다. 아르센 대륙에서도 딸은 출가외인으로 치는 경향이 크다.

그리고 라이서 제국의 고위 귀족이라 하더라도 아르센 대륙 전체에 똑같은 영향력을 갖는 것은 아니다.

예를 들어, 판테온 후작은 상당한 힘을 가진 귀족이다.

그런 그라도 멀리 떨어진 미판테 왕국 같은 곳에 가면 최하위 귀족인 남작도 정중히 대해야 한다.

하인스는 외국의 귀족이다. 따라서 판테온 후작이 보복할 수 없으니 허락한 것이다. 실제론 악동들의 나쁜 버릇이 이 기회에 싹 고쳐지기를 바라는 마음도 있었다.

"원장님께 감사드립니다. 뼈를 부러뜨리거나 아이들에게 상처 입히는 일은 없을 겁니다."

"…그래주시면 저야 고맙지요."

아카데미 원장으로서 원생들이 다치지 않는다니 마음이 놓인다. 기껏해야 말로 혼내려는 것으로 생각한 것이다.

"그나저나 아카데미가 아름답습니다. 이곳은 어떻게 운영되고 있죠? 우리 제국과 조금 다르네요."

"아! 그렇습니까?"

원장의 얼굴이 확 달라진다.

골치 아픈 주제로부터 벗어났기 때문이고 하인스가 다른 제국의 귀족이라는 것을 확인한 때문이다.

아르센 대륙엔 네 개의 제국이 있다.

라이서, 카이엔, 그리고 크로완과 카시온이다. 카이엔과는 전쟁 중이니 크로완, 또는 카시온 제국의 귀족일 것이다.

둘 다 라이서와 대등한 국력을 가진 거대 국가이다.

현수의 작위가 어떤지는 모르지만 사고를 쳐도 판테온 후작이 함부로 징치하진 못할 것이다.

어쨌거나 아카데미에 관한 질문이 있었다. 원장으로서 소상히 설명하기 시작했다. 자랑스럽기 때문이다.

"에, 우리 아카데미는 크게 나눠 마법학부와 기사학부, 그리고 행정학부가 있습니다. 이 밖에 정령학부가 있기는 한데 정령사들이 워낙 귀해 현재 인원이 겨우 셋입니다."

"아! 정령학부도 있군요."

정령은 만물의 근원을 이루는 신령스러운 기운이고, 요정은 불가사의한 마력을 지닌 초자연적인 존재라 알려져 있다.

그런데 이실리프 마법서에 쓰여 있기를 요정은 정령이 분화하여 실체화된 것이라 하였다.

따라서 숲의 요정 아리아니는 정령의 일종이다.

아무도 정확히 설명할 수는 없지만 아리아니는 정령왕과

대등한 존재이다. 수천 년의 시간을 살아왔고, 드래곤의 가호를 입은 바 있기 때문이다.

어쨌거나 현수는 아리아니와 대화를 하고 그녀의 실체까지 보았다.

침입자를 퇴치하기 위해 나타났던 것이지만 정령에 대한 친화력이 없으면 볼 수 없는 존재이다.

게다가 켈레모라니의 비늘이 현수의 심장 부위로 스며들 때 아리아니의 마나도 스며들었다.

본인도 모르는 일이지만 현수는 최상급 정령사에 버금갈 정령력을 얻은 것이다.

어쨌거나 토리나 백작의 설명이 이어졌다.

"우리 아카데미는 초대 황제께서 설립하신 후……."

한참의 설명이 이어졌다. 간간이 궁금한 점을 물었다. 규모와 커리큘럼[8], 그리고 시스템 따위를 확인한 것이다.

유서가 깊어서인지 생각보다 규모도 컸고 학습 시스템도 잘 갖춰져 있다.

"그런데 왜 메모를 합니까? 크로완 제국에도 우리 못지않은 아카데미가 있는 걸로 아는데."

"그건… 내 영지에 아카데미를 설립하려고요."

"네? 일개 영지가 아카데미를 가져요?"

---

8) 커리큘럼(Curriculum) : 교육 목표를 달성하기 위하여 선택된 교육 내용과 학습 활동을 체계적으로 편성·조직한 계획.

토리나 백작의 눈이 휘둥그레진다. 아카데미는 돈을 벌어들이는 기관이 아니다. 오히려 엄청나게 써대는 집단이다.

교육을 통해 인재를 양성한다는 결과가 없다면 존재해선 안 될 기관이다.

따라서 많은 돈이 든다. 규모를 작게 한다 하더라도 일개 영지가 감당하긴 힘들 것이다.

그렇기에 놀란 표정으로 진심이냐는 뜻으로 바라본다.

"제 영지의 영지민 숫자가 좀 많아서요. 인재를 뽑아 제대로 된 교육을 시켜볼까 하는 겁니다."

"그래요? 대체 영지민의 숫자가 얼마나 많기에 아카데미까지 생각하는 겁니까?"

어느새 둘은 보폭을 맞춰 같이 걷고 있다.

현수가 토리나 백작의 물음에 답을 하려던 순간 둘을 보고 있는 시선이 있다. 판테온 후작의 장남 카엘 판테온 드 라이센과 리먼 백작가의 차남 대니얼 리먼 폰 루네란이다.

둘은 어린 시절부터 단짝이며 현재는 룸메이트이다.

"이봐, 대니얼!"

"왜?"

"저기 저치 말이야. 어제 이냐시오 옆에 있던 놈 아니야?"

"그걸 내가 어떻게 알아? 그때 난 그 자리에 없었는데. 뭐

네가 그렇다고 하면 그런 거겠지. 기억력 하난 끝내주잖아."

"그치? 내 기억이 틀린 적 별로 없지?"

"그래. 뭐든 한 번만 보면 최하 절반은 기억하잖아. 근데 저 사람은 왜? 원장님하고 친분이 있나보네."

"그러게. 그래서 이냐시오 녀석이 그랬나?"

카엘은 고개를 갸웃거렸다. 그러다 어제의 일이 생각난다.

아카데미 정문 근처에서 혼자서 뻘짓을 하다 엎어졌다. 일어나 보니 코피가 흥건했다. 속된 말로 쪽팔려 미칠 뻔했다.

그게 다 이냐시오를 따라온 저자 때문이다. 그렇기에 카엘의 시선엔 독기가 서려 있다.

"두고 보자. 평민 주제에 감히……! 대니얼, 너희 집 기사들 지금 어디 있니?"

"황금철벽 기사단원? 지금 아카데미 밖에 천상의 휴식처란 여관에 묵고 있어. 그들은 왜?"

"몇 명만 내가 좀 쓰자. 불러줘. 흐음, 세 명이면 되겠어. 되도록 강한 자들로 골라줘."

카엘은 토리나 백작과 대화하는 현수에게서 시선을 떼지 않고 있었다.

"알았어. 언제 불러주면 돼?"

"아침 식사 하고 나서. 생도 식당 뒤쪽으로 오라고 해."

"오케이!"

대니얼이 대답하곤 다시 이불 속으로 파고든다.

조금 전엔 카엘이 흔들어 깨워서 대체 뭔가 하고 창밖을 바라본 것이다.

이런 줄 모르는 현수는 토리나 백작의 물음에 대꾸한다.

"제 영지민의 숫자는 대략 일만 명 정도 됩니다."

"네에? 인구가 겨우 일만밖에 안 되는데 아카데미를 세운다고요?"

대체 무슨 속셈이냐는 표정이다.

"인구야 차츰 늘지 않겠습니까? 그때를 대비하는 거죠."

"아, 네에. 알겠습니다."

토리나 백작과 현수의 대화는 오래도록 계속되었다. 주로 듣는 입장이었고, 많은 것을 메모했다.

"좋은 말씀 많이 들었습니다."

"네에, 아침 식사는 생도 식당에서 드실 수 있을 겁니다. 그럼 이만……."

토리나 백작과 헤어진 후에도 천천히 걸어 아카데미 전부를 살펴보았다.

CHAPTER 06
결투를 신청한다!

"고모부, 언제 나갔다 오셨어요?"

"네가 하도 코를 골아 잠을 잘 수 없었다. 하여 산책 좀 했지. 몸은 좀 어떠냐? 견딜 만하지?"

현수의 말에 이냐시오는 팔을 휘둘러본다.

"괜찮은 것 같네요."

"그래? 그럼 나가서 이제처럼 수련해."

팔이 떨어져 나갈 것 같은 상황이 될 때까지 검을 휘둘렀다. 나중엔 검이 무거워 들 수 없을 정도였다.

그런데 그런 수련을 또 하라니 화들짝 놀라는 표정이다.

"네?"

"매일 아침 수련을 해라. 하루도 거르지 말고. 대강대강 해서는 안 된다. 수련을 마치고 나면 땀으로 목욕을 할 정도가되어야 한다. 알았느냐?"

"…네, 알았습니다."

이냐시오는 시무룩한 표정으로 검을 집어 든다. 그리곤 기숙사 뒤쪽 테라스로 나갔다.

자세를 잡고는 전력을 다해 바스타드 소드를 휘두르기 시작했다. 같은 동작을 계속해서 반복하고 있다.

보는 눈이 많기 때문이다.

"음식 맛이 괜찮네. 많이 먹어."

"네, 고모부."

이냐시오는 몹시 힘든 표정으로 음식을 먹는다. 아침 수련이 너무 격해 근육통이 심한 때문이다.

바디 리프레쉬 마법으로 풀어주면 금방 풀리겠지만 이런고통도 견디는 수련이 있어야 하기에 내버려 둔 것이다.

현수는 다소 거친 곡물 가루로 만든 빵을 스튜에 찍어 먹으며 사방을 살폈다.

생도와 수행원, 또는 가족이 대화를 하며 식사 중이다. 그러던 중 카엘과 시선이 마주쳤다.

잠시 째려보았으나 무시하고 시선을 돌렸다.

이냐시오와 검법에 관한 본격적인 대화를 하려는데 카엘이 다가왔다.

"어이, 거기."

"거기? 지금 날 부른 건가?"

"그래, 거기."

"넌 아직 애고 나는 어른이다. 애가 어른에게 대화를 청할 땐 이런 무례를 범하면 안 되지. 집에서 이렇게 가르쳤니?"

"뭐야……? 지금 감히 우리 판테온 후작가를 능멸하려는 거야? 그런 거야?"

"오! 판테온 후작가의 자식이었어? 근데 그러면 이렇게 건방지고 무례해도 되나?"

현수는 일부러 카엘로 하여금 화를 내게 도발했다.

"이자가 감히……!"

급 분노했는지 부들부들 떨던 카엘이 준비된 장갑을 꺼내 현수의 얼굴에 던졌다.

"네놈에게 결투를 신청한다!"

결투라는 말에 모두의 시선이 쏠린다.

카엘이야 아카데미 생도라면 누구나 아는 얼굴이지만 현수는 거의 모두 처음 본다.

막 생도 식당으로 들어선 토리나 백작만이 알 뿐이다.

"이런, 늦었구나."

토리나 백작은 아카데미 부원장과 각 학부 주임교수와 식사를 하던 중 혹시 이런 일이 있을지 몰라 서둘러 왔다.

아무래도 예감이 좋지 않아서이다.

그런데 벌써 일이 벌어진 듯하다. 칼부림을 한 건 아니지만 곧 그렇게 될 것이다.

카엘은 영특한 두뇌 덕에 마법학부에서도 두각을 나타냈다. 이제 겨우 18세인데 벌써 1서클을 넘어 2서클로 접어들려 한다. 하지만 아직 전투에 마법을 쓸 수준은 아니다.

따라서 대(代) 전사를 내세울 것이다.

후작은 현재 수도에 머무르고 있다.

당연히 기사단장도 따라왔을 것이다. 기사단장이 있다는 건 휘하 기사들도 있다는 것을 의미한다.

이냐시오의 가문인 에델만 백작가에도 기사들이 있기는 하지만 영지전 때문에 모두들 로이어 영지에 있다.

따라서 하인스를 대신하여 결투에 나설 사람은 구하기가 쉽지 않을 것이다. A급, 또는 특급 용병 정도가 되어야 후작가에서 내세운 기사와 대결할 수 있을 것이다.

그런데 나설 용병이 없을 것이라는 것이다.

라이서 제국에서 칼밥 먹는 용병이라면 실세 권력자 중 하나인 판테온 가문과 척지려 하지 않을 것이기 때문이다.

결국 이레나 상단 호위무사 중 하나가 나서게 될 것이다.

많은 호위무사를 고용하고 있지만 특급이나 A급에 속한 자들은 영지전을 위해 로이어 영지에 머무는 중이다.

따라서 결투에서 패할 것은 명약관화한 일이다.

호위무사는 목숨을 잃을 것이고, 하인스, 또는 에델만 백작가는 막대한 배상금을 물어내게 될 것이다.

"지금 내게 결투 신청을 했나?"

"그러하다. 혹시 겁이 나서 도주하려는 건 아니겠지?"

카엘은 일부러 현수를 도발하고 있다. 어제의 치욕이 잊히지 않은 때문이다.

"도주라니, 그럴 일은 없다. 좋아, 너의 결투 신청을 받아들이마. 언제 어디에서 하지?"

"식사 후 생도식당 후원에서!"

"그러지. 그럼 이제 우리끼리 식사해도 되겠지?"

"…그, 그래, 먹어라."

카엘은 왠지 이상하다는 느낌을 받았다. 화가 나서 펄펄 뛰거나 아니면 잔뜩 쫄아서 벌벌 떨 것이라 예상했다.

그런데 현수는 너무도 태연하다. 곁에 있는 이냐시오는 웃긴다는 표정을 짓고 있다.

뭔가 단단히 믿는 구석이 있지 않고는 안 될 일이다.

"자, 잠깐! 결투 시간을 변경하자. 점심 먹고 대수련장에서 하는 걸로 바꾸자."

"그래? 그럼 그러지. 자, 이제 버르장머리 없는 네 녀석은 내 눈 앞에서 사라져라."

"뭐? 버르장머리 없는 녀석?"

"그래. 대체 집에서 가정교육을 어떻게 받았기에 싸가지가 이렇게 없는 건지 궁금하다. 아무튼 지금 당장 대결할 것 아니면 가라. 밥 좀 먹게."

"…조, 좋아, 두고 보자."

"내 고향엔 '두고 보자는 놈치고 제대로 된 놈이 없다' 는 말이 있다. 네 녀석은 덜 익은 놈이 분명하구나."

"뭐, 뭐야? 이익! 이따 두고 보자."

말을 마친 카엘은 뒤도 돌아보지 않고 생도 식당을 빠져나갔다. 계획 변경이다.

애초의 계획은 대니얼의 기사 몇을 빌려 쓰려 했는데 이젠 아니다. 그렇기에 서둘러 아카데미를 벗어났다.

카엘이 향한 곳은 수도에 마련된 후작가의 저택이다.

일 년에 몇 번 황제 폐하와 더불어 국사를 논하러 수도로 올 때 사용하는 곳이다.

저택에 당도한 카엘은 어제의 치욕부터 시작하여 현수가 막말하였음을 과장하여 고하였다.

판테온 후작은 가문을 욕했다며 기사들을 불러 모았다. 그리고 누가 대전사로 나갈 건지 의향을 물었다.

나선 것은 차기 기사단장으로 내정된 수석기사이다.

일련의 상황이 끝나갈 즈음 황궁으로부터 전갈이 왔다.

이러거나 말거나 현수는 이냐시오를 데리고 개인 수련장으로 갔다.

생도들은 누구나 사전 신청 후 사용할 수 있는 곳이다.

아침에 토리나 백작과 걸으면서 신청해 두었다.

"이냐시오, 잘 보거라. 이 동작의 특징은……."

하켄 공작의 검법 후반부까지 소상히 설명했다.

이냐시오는 눈빛을 빛내며 수련에 임했다. 시간이 흘러 점심나절이 되었지만 수련장 밖으로 나오지 않았다.

"그만! 결투 시간이 되었으니 가보자."

"네, 고모부."

이냐시오는 흐르는 땀을 닦아내며 환히 웃는다. 결투 따윈 전혀 걱정하는 얼굴이 아니다.

아르센 대륙에 누가 있어 10서클 마스터이자 그랜드 마스터인 현수를 당해내겠는가! 결투를 청한 놈이 바보이다.

그리고 중간계의 조율자라는 드래곤도 꼬리를 말고 도망쳐야 할 무력의 정점에 존재하는 사람이다.

그렇기에 수련하자는 말에 찍소리 않고 따라온 것이다.

"자, 그럼 가볼까?"

"네, 고모부."

"오늘이 지나면 다시는 너를 괴롭히는 녀석은 없게 될 것이다. 그렇다 하여 수련을 게을리 하면 안 된다."

"물론이에요. 그리고 저는 소드 마스터가 될 때까지 고모부를 따라다닐 거예요. 그러니 절 떼어놓고 어디 가실 생각은 하지 마세요."

이냐시오의 이 말은 진심이다. 존경해 마지않는 고모부와 한시도 떨어지고 싶은 마음이 없는 것이다.

"아무튼 가자꾸나. 근데 대수련장이 어디지?"

"아카데미에서 가장 넓은 곳이에요. 1년에 한 번 기사학부와 마법학부 생도들이 최강자를 선출하는 곳이지요."

"그래? 제법 넓겠구나."

"그럼요. 관중석도 꽤 넓어요. 한 이만 명까지는 입장할 수 있대요."

"그래? 꽤 넓구나. 어서 가자. 이러다 늦으면 겁쟁이 소리 듣겠다."

"그럴 수는 없죠. 자, 제가 안내할 게요."

현수가 이냐시오의 뒤를 따라 이동할 때 대수련장은 입추의 여지가 없을 정도로 꽉 찬 상태가 되었다.

아침에 있었던 일이 황도 전체로 번져 간 때문이다.

재미있는 볼거리가 없는 세상이다. 지구에서도 이런 시절에 제일 좋은 볼거리는 불구경과 싸움 구경이었다.

당연히 구름처럼 운집했다. 한가한 귀족들은 물론이고 시간 있는 평민들도 다수가 모여들었다.

소문을 접한 이레나 상단에선 모든 업무를 중단시키고 종업원 전부를 대수련장으로 집결시켰다.

갑자기 수도 전체가 들썩이는 일이 되어버린 것이다.

"와와와! 드디어 입장한다! 와와와와와!"

현수와 이냐시오가 대수련장에 발을 들여놓자 관중석에서 함성이 터져 나온다.

오늘의 메인 이벤트를 장식할 장본인이 입장한 것이다.

"저기 판테온 후작가의 황금철벽 기사단이 입장한다!"

"와와와와와와!"

관중성의 함성이 한결 커진다. 양자 모두 입장하였으니 곧 볼 만한 싸움이 시작되리라 생각한 때문이다.

"우와! 판테온 후작가의 대전사는 소드 익스퍼트 최상급인 기사 헤이글님이다."

"와와와! 헤이글! 헤이글! 헤이글!"

헤이글이란 기사의 이름을 연호하는 사람들이 많다.

대체 왜 이러느냐는 표정을 짓자 이냐시오가 입을 뗀다.

"8년 전에 아카데미 기사학부 최종 우승자예요. 그때 황제 폐하께서 친히 검을 수여하셔서 유명해졌죠."

"황제가 검을 줘?"

"네. 그때는 20대 초반이었는데 소드 익스퍼트 상급이었어요. 나이에 비해 굉장한 거지요. 그래서 장차 라이셔 제국의 소드 마스터가 되라면서 검을 하사하셨지요."

"그래? 그런데 왜 황궁에 머물지 않고 판테온 후작가의 기사가 되었지?"

"판테온 후작가가 아카데미 수업료를 다 대줬거든요. 그쪽 영지의 평민이었대요."

현수가 고개를 끄덕일 때에도 헤이글을 연호한다.

"와와와! 헤이글! 헤이글! 헤이글!"

관중들의 연호 소리가 점점 커졌지만 어느 누구도 나서서 제지하지 않았다. 그렇게 대략 3분 정도 지날 무렵 누군가가 대수련장 중앙으로 걸어나온다.

이때 누군가 큰 소리로 외친다.

"와아아! 리먼 백작님이시다!"

모두의 시선이 쏠리자 리먼 백작이 손을 들었다가 내린다. 잠시 조용히 해달라는 몸짓이다.

이윽고 조용해지자 리먼 백작이 입을 연다.

"오늘의 대결은 내가 주관하겠다. 양측 전사들은 나서라."

"와와와! 헤이글! 헤이글! 헤이글!"

또 헤이글의 이름을 연호한다.

이때 풀 플레이트 아머를 걸친 기사가 보무도 당당하게 나선다. 잡털 하나 섞이지 않은 흑마를 타고 있다.

방패도 들고 있고 랜스도 들고 있다.

"하인스는 나서라! 하인스는 나서라!"

어떻게 알았는지 현수의 이름이 불린다. 이에 현수는 터덜터덜 걸어 수련장의 중심부로 나아갔다.

상대 기사는 말을 타고 있고 완전무장한 상태이다. 그런데 현수는 깔끔하기는 하지만 너무 심플한 복장에 빈손이다.

"하인스라 했나?"

현수가 중앙 근처에 당도하자 리만 백작이 묻는다.

"…그렇소."

"그렇소?"

백작의 눈썹이 치켜 올라간다. 고위 귀족인 백작에게 반말을 썼기 때문이다.

"대결에 임할 자는 누구인가?"

현수는 아무런 아머도 걸치지 않은 상태이다. 손에는 레비프 영감이 만든 바스타드 소드 한 자루가 들려 있다.

이냐시오에게 주었는데 잠시 빌렸다.

"내가 나설 것이오."

"달랑 검 한 자루만으로?"

"이 정도면 충분하오."

계속된 반말이 신경을 건드린 듯하다.

"이놈이! 좋아, 일단 결투부터 하지."

리만 백작의 시선이 약간 떨어진 곳에 위치한 헤이글에게 향한다.

"헤이글 경, 준비되었나?"

"네, 백작님! 그런데 저 상태로 결투에 임하는 겁니까?"

리만 백작이 고개를 끄덕인다.

"그렇다고 한다. 결투 태세를 갖춰라."

"그렇다면 저도 아머를 벗겠습니다."

기사도 정신에 위배된다 생각했는지 즉시 하마한다. 기다렸다는 듯 기사 시종이 다가와 아머를 벗긴다.

"와와아아! 헤이글! 헤이글! 와아아아!"

"기사 헤이글! 역시 멋지다! 멋지게 이겨라!"

"헤이글! 헤이글! 헤이글!"

상체 갑옷이 벗겨지자 근육질 상체가 드러난다.

나머지 해체 과정이 진행되는 동안 기사 헤이글은 현수에게 시선을 고정시켰다.

대개의 경우 서로 기세를 뿜는다.

이때 상대의 화후를 대강은 짐작할 수 있다. 그런데 현수로부터는 아무런 기운도 느껴지지 않는다.

아주 맹탕 아니면 기세를 갈무리할 수 있는 수준이다.

그런데 현수는 전혀 긴장하지 않은 기색이다.

뭔가 믿는 구석이 있다는 뜻이다. 그렇기에 긴장된 눈빛으로 노려보고 있다.

"헤이글 경, 준비 다 되었는가?"

"네, 다 되었습니다."

리만 백작이 손을 들어 관중을 진정시키곤 큰 소리로 외친다.

"이제 판테온 후작가의 장남 카엘 판테온 드 라이센을 대신한 기사 헤이글과 이레나 상단의 하인스 간의 결투를 시작하기로 한다! 어떠한 수를 써도 좋다! 다만 가급적이면 목숨을 빼앗지 않기를 바란다!"

대결에 임할 때면 주관자가 내뱉는 말이다. 그리고 마지막 구절은 별로 지켜지지 않는다.

결투를 한다 함은 감정이 극도로 상한 상태임을 의미한다. 그렇기에 대개의 경우는 한쪽이 죽어야 끝났다.

"둘에게 가이아 여신의 가호가 있기를 바란다. 내가 물러나 깃발을 휘두르면 결투를 시작하도⋯⋯."

리먼 백작의 말은 중간에 끊겼다.

빵빠라빵∼! 빵빵 빠라빵∼!

"들어라! 존엄하신 황제 폐하께서 행차하셨다. 모두 자리에서 일어나 예를 갖춰라."

마나를 실어 음성이 확대되었는지라 대수련장 모든 곳까

지 전달되었다. 그렇기에 모두들 기립한다.

결투보다 황제에 대한 예의가 우선이기 때문이다.

그러는 동안 관중석의 일부가 비워진다. 황제와 그 일행이 앉아야 하기 때문이다.

말에 타고 있던 황제가 하마하여 관중석에 이르기까지 아무도 입을 열지 않는다.

자칫 불경죄가 될 수도 있기 때문이다.

황제와 곧 황후가 될 샨크스 왕국에서 온 절세미녀, 그리고 세피아 폰 라이셔 공주가 착석하자 고위 귀족들이 인근으로 몰려든다. 인사가 먼저이기 때문이다.

잠시 소강상태가 되었다. 기사 헤이글은 황제가 있는 쪽을 향하여 기사의 예를 갖춘 채 고개 숙이고 있다.

그게 예법이기 때문이다. 하지만 현수는 뻣뻣하게 서 있을 뿐이다. 그럴 이유가 없기 때문이다.

"폐하, 오늘의 결투는……."

판테온 후작이 무어라 입을 열기 전에 황제의 손이 먼저 움직였다.

"후작, 다 알고 왔으니 번거롭게 설명하지 않아도 되오. 자, 이제 결투를 시작하시오."

"알겠습니다. 폐하."

판테온 후작이 공손히 고개를 숙이곤 뒷걸음질로 물러선

다. 그러면서 중앙에 서 있는 리만 백작을 향해 고개를 끄덕였다. 결투 개시를 선언하라는 뜻이다.

"자, 그럼 결투를 시작하라!"

휘리리리릭─!

리만 백작이 신호를 하자 병사가 들고 있던 붉은 깃발을 휘두른다. 대결이 시작되었음을 의미하는 행동이다.

"와아아아아아아! 와아아아아아아!"

관중들의 함성이 점점 고조된다.

"헤이글이라 하네."

"하인스라 하오."

헤이글은 올해 서른이다. 고된 수련 때문에 30대 중반으로 보인다.

현수도 서른이다. 바디체인지 때문에 25세로 보인다.

겉보기엔 열 살이나 차이 난다. 그럼에도 헤이글은 발작하지 않았다. 기사란 검으로 대화하는 존재이기 때문이다.

"내 검엔 눈이 없어 다칠지 모르니 조심하시게."

"걱정하지 않아도 되오."

"……!"

헤이글은 아카데미를 나서기 전 어느 누구에게도 패하지 않았다. 소드 익스퍼트 중급 중 최강자였다.

판테온 후작의 자랑인 황금철벽 기사단 단장과의 첫 만남

이후로도 그렇다.

갓 아카데미를 졸업하고 온 헤이글의 실력을 검증하겠다고 나섰던 부단장을 쓰러뜨리는 데 불과 5분 걸렸다.

단장 역시 7분 만에 검을 놓쳤다.

소드 익스퍼트 중급에 불과한 실력이었지만 독특한 검법을 구사한 때문이다.

아카데미 생도 시절 헤이글은 기회가 있을 때마다 밖으로 나가 용병들과 검을 섞었다.

그러는 과정에서 자신만의 실전 검법을 만들어냈다.

현재는 소드 익스퍼트 최상급으로 조만간 소드 마스터가 될 것으로 기대되는 재목이다.

그런데 상대는 아무리 봐도 25세 정도이다. 풍기는 기세도 이렇다 할 것이 없어 허당이 아닌가 싶다.

그런데 지나치게 여유롭다. 왠지 경계심이 돋아 쉽게 공격하지 못하고 노려만 보는 중이다.

"자아~! 조심하라 일렀으니 이제 슬슬 시작해 보는 건 어떻겠소?"

헤이글이 검을 곧추세워 기사로서의 예를 갖춘다.

황제와 수도의 귀족들이 집결해 있는 자리이다. 기사로서 표본을 보이고 싶어 이런 것이다.

이는 현수가 검을 뽑아 제대로 된 자세를 잡으면 그때부터 공격하겠다는 의도이기도 하다.

스르르르릉—!

허리춤으로부터 레비프 영감이 만든 바스타드 소드를 뽑아냈다. 그리곤 천천히 검을 들었다.

헤이글은 현수가 검을 내려 자세를 잡으면 곧바로 공격하리라 마음먹었다.

그러면 관중들에게 강렬한 인상을 줄 수 있을 것이다.

하여 막 태세를 갖추려던 순간이다.

찌이잉—! 찌이이이이이이이이잉—!

"허걱!"

털썩—!

곧추세운 현수의 검끝으로부터 하얗다 못해 시퍼런 검강이 쭉 뻗어 나온다.

라이서 제국 소드 마스터들의 검강은 평균 길이가 1m를 약간 상회한다. 그리고 흰색 검강은 없다.

오래된 고서를 보면 검강에도 등급이 있다.

그중 최강이 순백이다. 이게 진해지면 시퍼렇게 보인다.

검강의 색이 균일하면서 길고 굵을수록 강력하며 이 세상 무엇도 파괴할 수 있다.

헤이글은 현수의 검끝으로부터 거침없이 뿜어지는 검강을 보는 순간 너무도 놀라 털썩 주저앉고 말았다.

관중석도 마찬가지이다.

"헉! 검강이닷! 아앗! 길이를 봐라! 엄청나다!"

"으앗! 저, 저건 검, 검, 검강이다! 검강이야!"

"허걱! 검강이야! 세상에, 맙소사! 판테온 후작가는 대체 누굴 건드린 거야?"

"아아아! 세상에 저런 검강이 있다니! 말도 안 돼!"

"저 정도면 그냥 소드 마스터가 아니라 그랜드 마스터야, 그랜드 마스터라고! 세상에 내가, 내가, 내 눈으로 그랜드 마스터님을 뵙다니."

"끄응!"

털썩─!

"어머! 여보, 정신 차려요! 여보! 여보, 제발……!"

관중석 전체에서 경악성이 터져 나온다. 남녀노소 구분도 없다. 다만 딱 두 곳만은 예외이다.

황제와 그 일행이 있는 곳, 그리고 이레나 상단 사람들이 모여 있는 곳이다.

판테온 후작가가 건드린 사람이 현수라는 것을 알기에 구경시켜 주려고 하던 일마저 멈추고 몽땅 몰려온 것이다.

그렇다 하여 마냥 무반응인 것은 아니다.

모두들 턱뼈가 빠질 정도로 입을 크게 벌리고 있다.

두 번째 목격하는 황제가 이런데 다른 사람들은 어떠하

겠는가!

잠시 시끄럽던 관중석이 고요해진다. 이만 명 가까운 사람들이 운집해 있는데 옆 사람의 심박 소리가 들릴 지경이다.

경악이 극치에 이르러 할 말을 잃은 것이다.

"세, 세, 세상에! 대, 대, 대체 누, 누, 누구십니까?"

헤이글은 더 이상 커질 수 없도록 눈을 부릅뜬 채 간신히 말을 이었다. 넋이 반쯤 나가 버린 상태이기 때문이다.

현수는 뿜어냈던 검강을 고요히 갈무리했다.

스르르르릉ㅡ!

철컥ㅡ!

대수련장 한가운데에서 검집에 검을 넣는 소리가 관중석까지 들린다. 너무도 고요한 때문이다.

"나는 이실리프 마탑의 제2대 마탑주인 하인스 멀린 킴 드 셰울이라 하네."

"네? 네에?"

덜커덕ㅡ!

"커억ㅡ!"

급기야 헤이글의 턱이 빠져버렸다. 그런데 혼자만 그런게 아니다. 관중석 곳곳에서 나직한 비명 소리가 터져 나온다.

그들도 턱이 빠져버린 것이다.

잠시의 고요가 관중석을 지배할 때 황제가 있는 자리에서 커다란 고동 소리가 들린다.

뿌앙—! 뿌아앙—!

갑작스런 소리에 모두의 시선이 황제에게 쏠린다.

이때 자리에서 일어선 황제의 입이 열렸다.

"오늘 우리는 이 자리에서 위대한 존재를 만나게 되었다. 대수련장 중앙에 계시는 저분은 이실리프 마탑의 제2대 마탑주이자 매지션 로드이시다."

"……!"

매지션 로드라는 말에 모두의 뇌가 또 한 번 강타당했다.

세상 모든 마법사의 정점에 있는 존재라는 뜻이기 때문이다.

그러거나 말거나 황제의 말이 이어진다.

"아울러 아르센 대륙 유일의 그랜드 마스터이기도 하다. 모든 기사와 모든 마법사는 위대한 존재에게 예를 표하라!"

쿵! 쿠쿵! 쿠쿠쿠쿠쿠쿠쿠쿠쿵—!

황제의 말이 끝나기가 무섭게 거의 모든 사람이 무릎을 꿇으며 예를 갖춘다.

기사들은 영원한 우상이 될 그랜드 마스터에게 충심으로 바치는 예의이고, 마법사들은 하늘같은 매지션 로드에게 올리는 기꺼운 존경심의 발로이다.

쿵―!

"소, 소인 헤이글, 감히 그랜드 마스터님께 불경을 범했습니다. 죽여주십시오."

쿵―!

먼저의 쿵 소리는 무릎 꿇는 소리이고 나중의 쿵 소리는 이마로 단단한 땅을 찧는 소리이다.

이곳 시간으로 어제 현수는 이레나 상단 사람을 시켜 황궁에 전갈을 넣은 바 있다. 오늘 아카데미에서 뭔 일이 있을 터인데 미리 알고 있으라는 내용이다.

그런데 황제가 친림했다. 그리곤 너무도 거창하게 소개를 해주었다.

뭐 어차피 알게 될 일이니 차라리 이렇게 공개되는 편이 낫다 싶어 가볍게 고개를 끄덕여 주었다.

이때 현수에게서 시선을 떼지 못하는 여인이 있다. 세피아 폰 라이서 황녀이다.

자신과 잠시 드잡이를 한 현수가 그랜드 마스터에 이실리프 마탑주이며 매지션 로드라는 말에 넋이 나간 상태이다.

제국의 황제조차 예의를 갖춰야 할 존재에게 너무 함부로 대했다는 것을 깨달은 것이다. 그 순간 콧대 높은 이 아가씨의 마음이 움직였다. 속된 말로 하면 뽕 간 것이다.

지금껏 찾지 못했던 자신의 배필을 만났다 생각하고 있다.

불행히도 현수의 눈이 너무 높아 이 꿈은 이루지지 못할 것이다. 어쨌거나 황녀는 넋 나간 표정으로 현수의 얼굴을 뚫어져라 바라보고 있다. 이때 황제의 말이 이어진다.

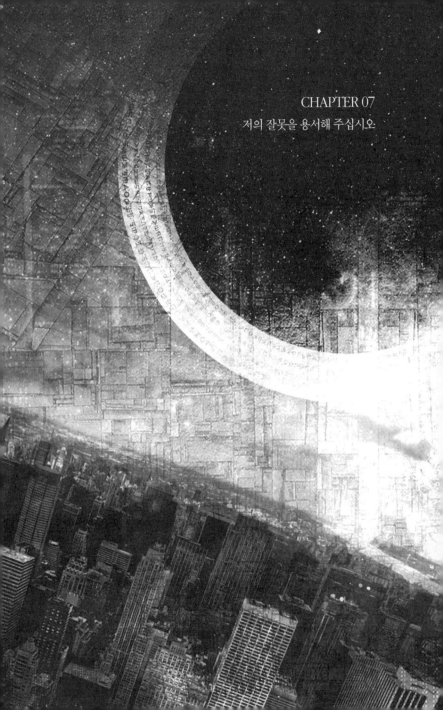

CHAPTER 07
저의 잘못을 용서해 주십시오

전능의팔찌
THE OMNIPOTENT
BRACELET

"마침 모든 귀족이 모여 있는 듯하니 오늘 이곳에서 중대
한 발표를 하겠다."

모두의 시선이 다시 황제에게 향한다. 아직 미혼인 세피아
황녀와 현수의 결혼 발표이길 바라는 마음이다.

그랜드 마스터이자 매지션 로드가 라이서 제국 황가에 머
문다면 안전은 보장된 것이나 다름없기 때문이다.

카이엔 제국과의 지긋지긋한 전쟁도 끝나 오래도록 평화
스런 세월을 맞이하게 될 것이라는 기대도 된다.

이때 황제의 말이 이어진다. 궁정마법사가 음성 증폭 마법

을 건 상태이기에 황제의 육성은 관람석 끝까지 전달된다.

"에에, 모두가 알고 있겠지만 얼마 전 하켄 영지와 로이어 영지 간의 영지전이 있었다."

황제의 말에 모두들 고개를 끄덕인다. 한때 수도를 달군 이슈였기 때문이다.

현재는 카이엔 제국과 전쟁 중이다.

그런데 최전방에서 있어야 할 군부의 수장인 하켄 공작이 에델만 백작가를 상대로 영지전을 선포했다.

겉으론 모욕당한 둘째 아들의 명예를 되찾아주기 위함이라고 했다. 하지만 사람들은 믿지 않았다.

풍부한 자금력을 갖게 된 이레나 상단을 통째로 집어삼키기 위한 핑계일 뿐이라 생각한 것이다.

아무튼 두 영지 모두 수도로부터 상당히 멀리 떨어져 있기에 아직 몇몇만이 결과를 알고 있을 뿐이다.

황제는 대체 무슨 소리를 하려나 궁금하다는 귀족과 백성들을 바라보며 말을 이었다.

"영지전의 결과 하켄 영지가 패했다. 그 과정에서 로이어 영지에 비해 세 배 이상 강한 전력을 가진 하켄 공작이 국법을 어긴 것으로 확인되었다."

"……!"

사람들은 대체 무슨 소린가 싶은지 황제에게 시선을 집중시킨다.

"오로지 국경 수비에만 동원할 수 있는 중갑보병들을 무단으로 차출하여 로이어 영주성을 공격토록 한 것이다."

'말도 안 돼! 세 배나 강한 전력에 소드 마스터도 둘씩이나 있었으면서……!'

거의 대부분이 이런 생각을 할 때 황제의 말이 이어진다.

"아무튼 영지전의 승자는 로이어 영지이다. 하여 관례에 따른 처벌 및 승작을 발표하겠다."

'백작이 공작을 이겼으니 후작쯤 되겠구나. 공작은 백작에게 패했으니 후작으로 내려앉고.'

사람들이 이런 생각을 할 때 황제의 발표가 이어진다.

"영지전에서 승리한 퍼거슨 에델만 드 로이어는 공작으로 승작한다. 에드몬드 빈셀 드 하켄과 그의 차남인 베르나르 빈셀 드 하켄은 목숨을 잃었다. 하여 그의 상속자인 날리오 빈셀 드 하켄에겐 백작으로 작위를 내린다."

"우와!"

사람들의 입에서 탄성이 터져 나온다.

파격적인 조치이기 때문이다. 하여 서로 간의 의견을 이야기하려 할 때 황실근위대장의 음성이 터져 나온다.

"모두 조용하시오! 폐하의 발표는 아직 끝나지 않았소!"

"……!"

모두 입을 다물자 황제는 장내를 둘러보며 말을 잇는다.

"하켄 백작가는 영지의 3분지 2를 배상금 명목으로 로이어 영지에 할양할 것을 명한다. 아울러 백작가에 허용된 병력만 보유할 것도 명한다. 초과되는 인원은 전원 국경수비대로 배속된다."

"하켄 공작가, 아니, 하켄 백작가는 이제 망했군."

누군가의 입에서 나온 소리이다. 이럴 때 강한 병력 순으로 차출된다는 것을 알기에 하는 말이다.

이때 황제의 입이 또 열린다.

"제국의 검이었던 하켄 공작과 그의 차남의 목숨은 지금 대수련장 중앙에 서 계신 그랜드 마스터이자 이실리프 마탑 주인인 매지션 로드께서 친히 끊으셨다."

"……!"

이번엔 현수에게 시선이 쏠린다. 하지만 어느 누구도 의구심을 품지는 않았다.

소드 마스터는 결코 그랜드 마스터를 이길 수 없는 게 정설이기 때문이다. 이는 31명의 소드 마스터와의 대련에서 입증된 사실이다.

라이세뮤리안의 자식들이 아닌 적으로 만난 상태였다면 드래고니안 성체 31명은 모조리 목숨을 잃었을 것이다.

"하인스 멀린 킴 드 세울님은 곧 퍼거슨 에델만 드 로이어 공작의 영애인 카이로시아 에델만 드 로이어 공녀의 부군이 되실 분이다."

황제의 말이 끝나기 무섭게 불경스럽게도 장내가 술렁거린다. 발표가 사실이라면 그야말로 빅뉴스이기 때문이다.

"뭐? 진짜?"

"우와! 대박이다! 이제 우리나라 엄청 안전해지겠네."

"그랜드 마스터이시자 매지션 로드께서 공녀님의 남편이 되신다니… 우와! 진짜 대박이다, 대박이야."

잠시 어수선해졌지만 황제는 이를 제지토록 하지 않았다. 대신 뜸을 들일 뿐이다.

"우리 라이서 제국은 이실리프 마탑과의 친분을 매우 중시하는 바이다. 하여 그 뜻으로 공녀의 오라비이자 차기 공작이 될 에머럴 에델만 드 로이어에게 백작위를 수여하기로 결정하였다."

황제는 현수에게 직접 작위를 주고 싶었다. 하지만 마땅한 것이 없다. 공작보다도 한 끗발 높은 공왕위를 줄 수도 없다. 황제보다 아래 계급이기 때문이다.

그렇다 하여 황제 자리를 선위할 수는 없지 않은가!

하여 고심 끝에 작위 하나를 더 주기로 했다.

퍼거슨 에델만이 죽으면 장자인 에머럴이 공작위를 물려받는다. 그때 본인의 백작위를 아우인 일루신에게 물려주게 된다. 한 가문에 고위 귀족 둘이 탄생하는 셈이다.

이렇게 하면 보다 끈끈한 유대관계가 될 것이다. 당연히 제국이 위험에 처했을 때 도움을 줄 것이다.

장내에 운집한 사람들은 황제의 이런 계산을 금방 알아차렸다. 이런 걸 보면 라이서 제국 사람들은 참 똑똑한 듯하다.

"와아아아! 에델만 공작가 만세! 만세! 만세!"

"황제 폐하 만세! 만세! 만세! 와아아아!"

대수련장이 함성으로 가득 찼다.

대륙 전체에서 가장 강력한 무력을 가진 군벌을 한꺼번에 둘씩이나 보유한 셈이 되기 때문이다.

"끝으로 카이로시아 에델만 드 로이어 공녀의 결혼은 축하의 의미로 황실에서 주관하기로 한다. 결혼식이 거행되는 날로부터 이레를 임시 국경일로 선포하는 바이다."

"와와와! 황제 폐하, 만세! 만세! 만세!"

이번 만세 소리는 주로 평민 쪽에서 터져 나왔다. 귀족들은 노는 게 다반사지만 평민들은 하루 종일 일에 묶여 산다.

그런데 이레나 푹 쉬게 되었으니 함성을 지르는 것이다.

온통 함성이 터져 나올 때 고개를 숙이는 사람들이 있다.

판테온 후작 쪽 사람들이다. 후작은 이번 사건의 장본인인 카엘을 노려보는 중이다.

세상에 아무리 건드릴 사람이 없어도 그랜드 마스터에 매지선 로드이며 이실리프 마탑주는 절대 건드리면 안 된다.

파멸의 자초하는 일이기 때문이다.

그런데 카엘은 이런 사람에게 욕을 했을 뿐만 아니라 모욕하고 결투까지 청했다. 조선시대 같으면 석고대죄를 청해도 용서를 받을까 말까 한 일이다.

"야, 이 빌어먹을 놈아! 하필이면……."

"……!"

카엘의 나이 열여덟이다. 어찌 보면 어리지만 알 거 다 아는 나이이다. 그랜드 마스터가 어떤 무력을 가졌는지, 매지선 로드가 얼마나 높은 사람인지 다 안다.

본인도 마법사이다. 매지션 로드를 보면 무조건 고개부터 숙여야 하는 존재이다.

그런데 감히 10서클 대마법사에게 결투를 청했다.

그것도 개인 차원이 아니라 가문이 동원된 상태이다. 엄청난 실수가 분명하다. 어쩌면 멸문지화를 당할 수도 있다.

그렇기에 후작의 꾸지람에 아무런 대꾸도 하지 못한다.

"어휴, 저걸……. 끄응, 미치겠네."

후작은 좌불안석이다. 어찌해야 할지 갈피조차 잡을 수 없다. 정치 싸움이라면 다른 귀족들을 내 편으로 끌어들여 세를 불리면 대항할 만하다.

실제로 이런 일은 빈번히 일어난다.

그런데 이번엔 다른 어떤 귀족도 편들어주지 않을 것이다.

귀족 대부분이 검을 휘두르거나 마법을 익히기 때문이다.

검을 익혔다면 그랜드 마스터를 존경해 마지않고, 마법을 익혔다면 매지션 로드에게 복종해야 한다.

행정 관료들은 힘이 없으니 편들어줘도 소용없겠지만 그들은 현자를 숭상하기에 결코 말려들지 않을 것이다.

8서클만 넘어도 대류의 현자 소리를 듣는데 10서클이면 거의 신선이나 산신령급이다.

한편, 판테온 후작만큼이나 놀라고 있는 사람이 또 있다.

아침에 같이 아카데미를 거닐며 이런저런 충고를 했던 토리나 백작이다.

1서클 풋내기인 줄 알았는데 꿈에서라도 만나고 싶었던 매지션 로드라니 넋이 나가 버린 것이다.

"세상에 맙소사! 오전 내내 로드와 함께 있었다니……!"

이 세상 어떤 마법사도 가질 수 없는 귀한 시간이었다.

그런데 몽땅 마법 익힐 때 어려운 것 있으면 찾아오라는 소리로 때웠다. 미치고 팔짝 뛸 노릇이다.

"세상에 맙소사! 세상에 맙소사! 세상에 맙소사!"

토리나 백작은 계속 같은 말만 반복하고 있다.

이때 현수의 앞에 무릎 꿇고 있는 헤이글의 얼굴에서 진땀이 흘러내린다.

장시간 무릎을 꿇은 관계로 쥐가 난 때문이다. 그렇다 하여 털고 일어날 수는 없다. 하늘같은 그랜드 마스터에게 검을 뽑으라고 했으니 용서 받기 전에는 일어날 수 없다.

사람들이 웅성거리며 시선을 집중시킬 때 황실근위대장이 또다시 일갈한다.

"모두 조용히 하시오!"

"......!"

관중들은 일제히 입을 다물었다. 또 어떤 파격적인 일이 있을 것인지 궁금한 때문이다.

"나 하인스 멀린 킴 드 셰울은 라이서 제국과의 친분을 귀하게 여길 것이다. 내 처가가 있는 나라이기 때문이다."

긴말 해봐야 모양새만 빠진다.

그렇기에 말을 멈춘 채 사방을 둘러보았다. 사람들은 다음 이어질 말을 기다리고 있다.

"헤이글 경, 일어나게."

"아닙니다. 제 분수도 모르고 그랜드 마스터인 하인스님께 검을 뽑은 저를 벌하여 주십시오."

"네 검에 눈이 없다는 말을 했을 때 네 죄는 이미 사해졌다. 자리에서 일어서라."

"마, 마스터……."

명에 따라 벌떡 일어나고 싶으나 다리에 쥐가 나 저린 상태이다. 그렇기에 그럴 수 없어 오만상을 찌푸렸다.

"바디 리프레쉬!"

샤르르르릉—!

마나가 스며들자 저린 현상이 싹 사라진다.

"일어나라. 나를 위해 길 안내를 해주겠는가?"

"시켜만 주십시오. 일생의 광영입니다."

헤이글은 얼른 기사로서의 예를 갖춘다.

"이냐시오, 이제 슬슬 가도 되겠지?"

말을 하곤 한쪽 눈을 찡긋거렸다. 그런데 이냐시오가 반응하지 않는다. 넋이 나간 상태이기 때문이다.

황제까지 나타나 일이 이토록 크게 벌어지게 될 것이라곤 상상조차 못했던 것이다.

"이냐시오, 가자."

"네? 아, 네. 그, 그럼요."

헤이글이 앞장서고 현수와 이냐시오가 나란히 따랐다.

"폐하의 배려에 감사드립니다."

"무슨 말씀을……. 마탑주님 덕에 이런 발표를 할 수 있어 좋았을 뿐입니다."

어느 누구에게도 존대하지 않던 황제가 말을 높이고 있다. 고위 귀족들과 많은 대화를 나눈 결과이다.

그때 이렇게 하는 편이 나을 것이란 의견이 개진되었고, 흔쾌히 받아들였다. 그랜드 마스터 겸 매지션 로드는 그러고도 남을 존재라 생각한 것이다.

황제로부터 존대를 받으니 더 잘해줄 것이란 기대심리가 저변에 깔려 있기도 하다.

"세피아 공주님, 아니, 황녀님이시죠. 오랜만입니다."

"네? 아, 네에. 그동안 안녕하셨죠? 그땐 제가 실례를 많이 했습니다."

세피아와 현수의 대화 내용을 들은 황제가 어찌 된 영문이냐는 표정을 짓는다. 둘이 만났다는 것만 알지 어떤 일이 있었는지 속속들이 아는 것은 아니기 때문이다.

"나중에 말해줄게요."

"그래, 꼭 말해다오."

하나 남은 혈육이라 그런지 황제의 표정은 부드러웠다.

하지만 세피아가 근위대를 불러 현수를 공격하려 했다는 걸 알면 어떤 표정이 될지 볼 만할 것이다.

만일 그랬다면,

그래서 그랜드 마스터이자 매지션 로드가 분노했다면,

라이서 제국은 엉망진창이 되어버렸을 것이다.

어쩌면 너무 심한 피해로 말미암아 전쟁 중인 카이엔 제국에게 먹혀 버릴 수도 있다.

당연히 혼날 일이고, 세피아 황녀는 황제로부터 꾸지람을 듣는다. 그래도 울지는 않는다.

그러지 않았다는 게 너무도 다행이기 때문이다.

"참, 갔던 일은 잘 마무리되었는지요?"

"네, 덕분에 잘 해결되었습니다. 감사합니다."

현수가 감사의 뜻을 표한 이유는 황제가 드러내 놓고 장인 편을 들어줬다는 것 때문이다.

이때 누군가 근위기사들 사이로 다가선다.

"폐, 폐하!"

"오! 토리나 백작."

어느새 다가온 토리나 백작의 얼굴엔 진땀이 흐르고 있다. 현수의 얼굴을 어찌 볼까 싶은 마음 때문이다.

물론 가까이 있고 싶은 마음이 더 크기에 다가온 것이다.

"폐하, 저희 아카데미엔 어떻게……?"

"오늘 여길 오면 볼 만한 구경거리가 있을 것이라는 정보가 있어 왔소."

"아……!"

토리나 백작은 이 모든 게 계획된 일이라는 사실에 혀를 내둘렀다. 이때 황제가 두리번거린다.

"그런데 판테온 후작과 그의 아들이 보이지 않는군. 어디 있는지 찾아오라."

"네, 폐하!"

가까이 있던 근위기사가 서둘러 뛰어간다.

"어찌 되었건 대결이었으니 패자의 사과는 들어야 하지 않 겠습니까?"

"그건 뭐……!"

현수는 말끝을 얼버무렸다. 굳이 사과 받자고 한 일이 아니 다. 처조카인 이냐시오가 아주 편안하게 아카데미 수학을 마 치게 하려는 일종의 배려였기 때문이다.

이때 황제의 시선이 뒤에 있던 이냐시오에게 미쳤다.

"오! 네가 이냐시오 에델만 생도인가?"

"네, 폐하. 이냐시오 에델만 드 로이어입니다. 이렇게 뵙게 되어 일생의 광영이옵니다."

이냐시오가 제법 그럴듯한 폼으로 기사의 예를 갖춘다.

"하하! 그래, 열심히 배워 꼭 제국의 검이 되도록 하라. 너 에 대한 기대가 크다."

"폐, 폐하, 성은이 망극하옵니다."

이냐시오의 다소 고풍스런 말에 주변 귀족들이 웃는다. 과 도한 긴장 때문에 이런다는 걸 알기 때문이다.

이때 근위기사들이 좌우로 갈라서며 통로를 내준다. 다가 오는 이는 판테온 후작과 그의 장남, 그리고 헤이글이다.

"폐하, 소신 판테온, 제국의 하늘을 알현하옵니다."

"소신, 카엘, 감히 제국의 하늘을 뵙습니다."

"기사 헤이글, 폐하의 용안을 알현하옵니다."

판테온 후작의 얼굴은 조금 전에 비해 10년은 늙어 보인다. 극심한 스트레스가 만든 결과이다.

카엘은 바지 앞부분이 젖어 있다. 현수가 검강을 뽑아내던 그 순간 저도 모르게 오줌을 지린 것이다.

헤이글의 표정은 복잡 미묘하다. 하늘같은 그랜드 마스터에게 검을 뽑으라 했던 자신의 안목이 너무 원망스러워 눈알을 뽑아내고 싶은 마음 때문이다.

"후작가에서 매지션 로드이자 그랜드 마스터인 하인스 마탑주께 결투를 청했다. 직접적인 무력 투사는 없었지만 짐은 이미 승패가 갈렸다 여긴다. 후작의 의견은 어떠한가?"

"폐, 폐하, 저희 후작가의 잘못이 너무 크옵니다. 부디 작위를 거두시고 소신의 목을 치소서. 아울러 소신의 일가붙이 전부를 농노로 내치소서."

그랜드 마스터이자 매지션 로드를 잘못 건드려 자칫 국가적 재앙을 빚을 뻔했음을 알기에 하는 말이다.

"……!"

한편, 카엘의 낯빛은 더 창백해진다.

황제가 부친의 뜻을 받아들이면 졸지에 아비를 잃게 되고 귀족이라는 허울은 사라진다. 게다가 농도가 되어 평생 남의 부림을 받고 살게 된다.

하나뿐인 누이는 농노가 되면 뭇 사내들의 노리개로 전락
될 수도 있다. 이런저런 생각들이 순식간에 뇌리를 스치니 넋
나간 표정이다.

판테온 후작은 노련한 정치가이다. 그렇기에 가장 강력한
처벌을 내려달라는 말로 선수 쳤다. 이렇게 해야 죄가 조금이
라도 덜해진다는 것을 아는 것이다.

"흐음! 후작의 뜻이 이러하구려. 마탑주의 뜻은 어떠합니
까? 원하시는 대로 처결토록 하겠습니다."

황제는 웃는 낯이다. 쉽게 넘어가자는 의미일 것이다.

카엘이 잘못했지만 판테온 후작은 주요한 국가 전력 중 하
나이다. 그러기에 대놓고 용서하자는 말은 못하는 것이다.

"후작께서 이렇듯 겸손하시니 가문에 대한 처결은 않는 것
이 좋겠지요. 다만……."

현수가 중간에 말을 끊기자 판테온 후작은 가슴을 쓸어내
린다. 본인이 뜻하던 대로 하자고 하면 그대로 이루어질 것
분명했기 때문이다.

"다만 무엇입니까?"

어서 말을 이어보라는 뜻으로 황제가 반문한다.

"토리나 백작께서 말하길 생도로 재적하는 동안 귀족과 평
민의 차별을 하지 않는 것이 아카데미의 학칙이라 하더군요.

맞습니까?"

"물론입니다."

황제를 비롯한 모두의 고개가 끄덕여진다. 모두들 한때 아카데미에서 수학한 경험이 있기 때문이다.

"카엘은 리먼 백작가의 차남, 레온 자작의 장자, 뉴트먼 자작의 삼남, 그리고 헤세 남작의 외아들, 갈베리온 남작의 차남, 마지막으로 피아렌 백작의 둘째 딸과 요세핀 자작의 장녀와 더불어 다른 생도들을 괴롭혔습니다."

"……!"

현수의 말이 이어짐에 따라 일부는 흠칫거리며 뒤로 물러선다. 방금 전 언급된 인사와 관련된 자들이다.

"이들은 아카데미의 학칙을 어기고 폭력을 행사하거나 금품을 갈취했고, 다른 생도들로 하여금 심한 수치심을 느끼게 하였으니 그에 합당한 처벌이 있어야 할 것 같습니다."

현수의 말을 들은 황제의 표정이 굳어진다.

아카데미에서 암흑가 폭력조직들이나 벌일 일들이 벌어졌다는 것에 분노한 것이다.

"…황실근위대장! 가서 마탑주께서 언급하신 생도와 그의 아비들을 즉각 대령하라!"

"네, 폐하!"

"황실근위대는 들어라! 지금 즉시 마탑주께서 언급하신 인사들을 체포하여 압송한다!"

"네! 지엄한 어명을 받잡습니다!"

말이 떨어지기가 무섭게 근위대원들이 사방으로 흩어진다.

국가 반역 사건이 있을 때에도 체포당할 때면 저항하거나 반항한다. 그런데 오늘은 어느 누구도 그러지 않는다.

심기를 건드린 대상이 본인이 가장 되고 싶은 화후에 이미 올라 있는 분이시기 때문이다.

잠시 후, 황제의 앞에는 조금 전 언급된 생도와 그의 부친들이 끌려와 고개를 조아리고 있다.

"조금 전 신성한 아카데미에서 일부 생도로 인한 불협화음이 인다는 이야길 들었다."

"폐, 폐하!"

한 발짝 나서며 깊숙이 허리를 숙인 이는 오늘의 결투를 주관했던 리먼 백작이다.

그의 곁에는 대니얼 리먼 폰 루네란이 부들부들 떨며 서 있다. 어떤 처벌이 내려질지 심히 두려웠던 것이다.

"나는 이러한 일이 있었다는 것 자체가 매우 불쾌하다. 마탑주께서 모처럼 우리 제국을 방문하셨는데 못 보여 드릴 꼴을 보여드린 것이다."

"……!"

입이 백 개라도 할 말이 없는지 모두들 묵묵부답이다.

"하여 너희에 대한 처결을 마탑주께 일임하려 한다. 이의 있는 자 앞으로 나서라!"

"……!"

모두들 아무런 대답이 없다. 조금 전과 달라진 게 있다면 대니얼의 바지가 젖어들고 있다는 것이다.

과도한 공포로 인한 실뇨 현상이 빚어지는 중이다.

나중에 대니얼의 부인이 될 요세핀 자작의 장녀 세실리아 역시 속옷이 젖고 있다. 드레스 하의가 풍성하게 보이게 하려 고래수염을 덧대었기에 겉으로 드러나지 않을 뿐이다.

이래서 천생연분이라는 말이 있는 듯하다.

"좋다, 너희가 모두 동의했으니 마탑주께 너희에 대한 처결을 일임한다."

말을 마친 황제가 두어 발짝 물러선다. 구워 먹든 삶아 먹든 마음대로 하라는 뜻이다.

모두의 시선이 현수에게 쏠린다. 과연 어떠한 처벌을 내릴지 귀추가 주목된다.

"아카데미는 배움터이다. 이곳에선 검법과 마법뿐만 아니라 세상을 살아가는 지혜까지 배워야 할 곳이다. 그런데 아비의 권세를 믿고 자식들이 악행을 저질렀다. 나는 이를 도저히 묵과할 수 없다."

"……!"

"꿀꺽!"

아무도 말이 없는 가운데 누군가 침 삼키는 소리가 들린다. 이 또한 과도한 긴장이 빚어낸 현상이다.

"바세른 산맥 아래 테리안에는 나의 영지가 있다. 이실리프 자치령이라 하지. 악행을 저지른 생도 여덟 명은 그곳으로 옮겨져 처벌을 받게 될 것이다."

"……!"

구체적으로 어떤 처벌인지는 알 수 없다.

한 가지 확실한 것은 라이서 제국을 떠난다는 것이다.

처벌 기간에 관한 언급이 없었으니 부모형제, 일가친척, 친지들과의 생이별을 의미할 수도 있다.

털썩―!

카엘이 가장 먼저 주저앉는다. 다리에 힘이 풀린 때문이다. 완전히 넋이 나간 표정이다.

털썩―!

뒤를 이른 건 피아렌 백작의 둘째 딸이다. 이들 둘 역시 훗날 결혼하게 될 운명이다.

"곧 이실리프 자치령으로 갈 것이니 언제든 떠날 준비를 하고 있도록!"

"아, 알겠습니다."

가장 먼저 판테온 후작이 고개를 끄덕인다. 자식들이 끌려가서 어떤 고초를 얼마나 오래 받을지는 알 수 없다.

하지만 이 정도로 끝내주는 것만으로도 감지덕지하다.

황제의 분노까지 샀기에 최하가 작위 강등, 아카데미 퇴학이라 생각하고 있었던 것이다.

"자, 오늘의 결투는 이제 끝이오. 모두 해산하시오."

"……!"

관중석이 썰물 빠지듯 비워진다.

황제 일행은 귀궁했고, 현수와 이냐시오는 토리나 백작의 안내를 받아 아카데미 원장실로 향했다.

잠시 후, 판테온 후작 등 여덟 명의 귀족과 그들의 자식만 남겨졌다. 후작의 앞엔 카엘 등이 쓰러져 있다.

각자 아비의 발에 걸어 채인 결과이다.

"이 바보 같은 놈! 어휴! 저걸 자식이라고! 끄응!"

판테온 후작의 말을 받은 이는 리먼 백작이다.

"대니얼, 감히 마탑주님의 조카를 상대로……. 어휴! 내가 미친다, 미쳐! 네 입으로 들어가는 음식이 아깝다."

여덟 명의 귀족은 이구동성으로 자식들을 꾸짖었다.

카엘을 비롯한 여덟 명은 유구무언이다. 자칫 멸문지화를 당할 수도 있었음을 알기 때문이다.

"로드이신 줄 모르고 감히……. 정말 죄송합니다."

토리나 백작의 허리가 120°쯤 굽혀진다. 말도 안 되는 실수를 저질렀다 생각하기 때문이다.

"제대로 말하지 않은 내 탓이 더 크니 괘념치 마세요."

"그렇게 생각해 주시니 감사하기 이를 데 없습니다."

토리나 백작이 허리를 펴며 다시 굽실거린다. 마법사에게 있어 매지션 로드란 거의 신이나 다름없기 때문이다.

"현재 이실리프 자치령에서 아카데미를 건설하고 있습니다. 가능하다면 백작에게 운영을 맡기고 싶습니다."

아침의 대화를 통해 토리나 백작의 심성을 파악하였기에 스카우트하려는 것이다.

"저, 정말이십니까?"

백작의 얼굴에 화색이 돈다.

어떻게든 이실리프 마탑에 가보고 싶었다. 정체되어 있는 현 상황을 타개할 유일한 방법이라 생각하기 때문이다.

혈운의 마탑주 아렌드에게 여러 번 도움을 청했지만 깨달음을 주지는 못했다. 마법사의 깨달음이란 동일한 상황에서, 동일한 계기로 발생되지 않기 때문이다.

아무튼 5서클과 6서클은 차이가 매우 크다.

카이엔 제국과 전쟁 중인 이때 6서클 마법사가 하나 더 있다 함은 큰 도움이 된다.

하여 아렌드 마탑주도 몹시 안타까워했다.

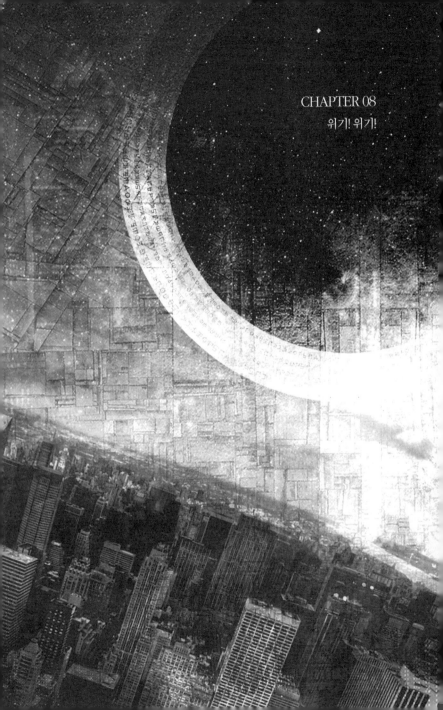

CHAPTER 08
위기! 위기!

"가, 가겠습니다. 하게만 해주시면 성심을 다해 아카데미를 만들어내겠습니다."

"제안을 받아줘서 고맙군요. 좋아요. 갈 때 같이 가십시다. 미리 준비를 해두세요."

"물론입니다. 곧바로 떠날 수 있도록 만반의 조치를 취하겠습니다."

"감사하군요."

"아닙니다. 그리고 이제 곧 저의 주군이 되십니다. 그러니 하대하여 주십시오, 로드. 제가 감당할 수 없습니다."

"…그러지. 아무튼 준비해 주게."

"네, 로드!"

토리나 백작의 얼굴에 환한 웃음이 번진다.

"그런데 가족은 없나?"

"…네, 마법을 익히느라 가정을 꾸릴 시간이 없었습니다."

"흐으음! 알겠네."

토리나 백작과 헤어진 현수는 혈운의 마탑으로 향했다.

"어서 오십시오, 로드!"

"며칠 전에 줬던 건 어느 정도 이루어졌나?"

"현재 약 오백만 개가 완성되었습니다. 시간을 더 주시면 곧 완성해 올리겠습니다."

불과 며칠이 지났을 뿐인데 상당량이 되어 있다. 어찌 된 영문인지를 물으려 하다 말았다.

눈 밑의 다크서클이 꽤나 진했던 것이다.

"바디 리프레쉬!"

샤르르르르룽—!

마나가 스며들자 다크서클이 스르르 줄어든다. 마법은 현대 의학보다도 더 효능이 좋다는 생각이 들었다.

"로드……!"

"내 부탁을 들어주기 위해 얼마나 많은 마법사가 잠을 못 잔 거지?"

"그, 그게……."

지난 며칠간 혈운의 마탑주 홀리오 아렌드 판 유세 후작은 한순간도 쉬지 않았다.

마탑에 속한 6서클 3명, 5서클 12명, 4서클 89명, 3서클 223명, 그리고 2서클 517명도 그러하다.

심지어 아직 마법사로 쳐주지도 않는 1서클 마법사 884명 또한 한숨도 못 잤다.

이들뿐만이 아니다. 마법사의 시중을 들어주는 종자나 하녀들 역시 총동원되어 마나석 박는 작업을 해야 했다.

아무렇게나 대강대강 끼워 넣어선 안 되는 일이다. 안력을 돋운 채 고도의 집중력을 발휘해야 하는 작업이다.

당연히 진척이 늦을 수밖에 없다.

"말을 하게."

"로드로부터 받은 이후 지금까지… 죄송합니다. 더 빨리 끝마쳤어야 하는데… 사람을 더 동원해서라도……."

현수는 고개를 가로저었다.

"아닐세. 그만하게. 내 생각이 짧았어."

"로, 로드……!"

현수가 실망해서 그런다 생각했는지 아렌드 후작의 고개가 깊숙이 숙여진다.

'흐음! 다른 방법을 강구해야 하는 상황이군. 내가 너무 안

일하게 생각했나?

대륙의 마법사들을 총동원하면 가능한 일이긴 하다.

하지만 그렇게 할 수는 없다. 나 하나 편하자고 죄 없는 사람들을 혹사시킬 수는 없지 않은가!

아렌드는 후작이다. 공작 바로 다음 계급인 만큼 평민들이 보았을 땐 하늘같은 존재일 수도 있다.

그런 사람이 말 한마디에 며칠 동안이나 쉬지도 못했다고 한다. 아래 서클 마법사들은 어떠하겠는가!

"로드, 제가 사람들을 더 동원하여 맡기신 일을 완수해 내겠습니다. 한 번 더 기회를 주십시오."

아렌드 후작은 거듭해서 고개를 조아린다.

"해야 할 일이 맡긴 것만 있는 건 아니네. 내 아공간엔 마법진 1억 장이 더 있네. 조만간 5억 장 정도가 더 추가될 상황이고. 이걸 소화해 낼 수 있겠나?"

"네? 5, 5, 5억 장이요?"

혈운의 마법에 속한 마법사의 수효는 1서클 884명까지 포함하여 1,728명이다. 종자와 하녀들까지 다 포함하면 대략 4,000명 수준이다.

5억 장을 4,000명이 나눠서 처리한다고 계산해 보면 1인당 125,000장씩을 책임져야 한다.

마나석 하나를 끼우는 데 1분가량 시간이 소모된다. 이럴 경우 87일 정도 소요된다. 먹지도 쉬지도 않고, 배설을 위한 시간도 없으며, 잠잘 시간도 없이 작업했을 때의 일이다.

먹고, 자고, 씻고, 쉬어가며 일을 하면 최소 150일은 걸린다. 5개월가량이 소요되는 것이다.

그런데 마탑이 어떻게 이런 일만 할 수 있는가!

라이서 제국은 현재 전쟁 중이다. 고위마법사들은 전쟁터로 보내야 한다.

따라서 5억 장을 완성시키는 데 1년이 넘을 수도 있다.

마탑도 마탑이지만 현수도 곤란하다.

지르코프가 주문한 8,000만 장은 한시바삐 넘겨줘야 하는 것이기 때문이다.

"되었네. 지금까지 작업한 것만 가져오게. 나머진 내가 알아서 하지."

"로드……!"

"후작이나 마탑에 실망해서 그런 거 아니니 마음 안 써도 되네. 그나저나 전에 말했던 그 사기 마나석을 한번 보세."

"네? 아, 네. 모, 모시겠습니다."

후작의 뒤를 따라 마탑 후원으로 가보니 작은 동산 정도 되는 돌무더기가 보인다. 현수의 눈엔 모두 수정으로 보인다.

"이게 전부 다 그건가?"

"네, 사기 마나석이라고도 하지만 공갈 마나석, 또는 유사

마사석이라 하는 거지요."

"흐음, 양이 꽤 되는군."

눈대중으로 짐작해 보아도 다 옮기려면 25톤 덤프트럭으로 수백 번은 날라야 할 정도로 많다.

"저걸 내가 다 가져가도 되겠는가?"

"아이고, 그럼요! 필요하시면 얼마든지 가져가셔도 됩니다. 저희에겐 쓸모없는 것이니까요."

말은 이렇게 했지만 혈운의 마탑에선 이걸로 장신구를 만들기도 한다. 손재주 좋은 마법사들의 심심풀이 용도이다.

제법 잘 만들기에 적지 않은 돈이 되기도 한다. 하지만 매지션 로드께서 원하신다.

이깟 공갈 마나석이야 다 줘도 아깝지 않다. 그렇기에 아무런 쓸모도 없다고 한 것이다.

"고맙네. 잘 쓰도록 하지. 아공간 오픈! 입고!"

작은 동산이 눈앞에서 사라지는 광경을 목격한 아렌드 후작은 눈을 크게 뜬다. 본인은 아직 시전조차 해보지 못한 마법이기 때문이다.

"이실리프 자치령이 건설되는 중이네. 조만간 같이 가세."

"그, 그래주시겠습니까, 로드?"

아렌드 후작이 부르르 떤다. 격동해서이다.

이실리프 자치령으로 오라는 소리는 그곳에 얼마간 머물

러도 된다는 뜻이다.

방문이 아닌 초청이기 때문이다.

그곳에 가면 고대하던 깨달음을 얻을 수 있을지도 모른다. 하여 벌써부터 가슴 벅차 몸이 저절로 떨리고 있는 것이다.

"일단 작업이 끝난 것들을 다 모아주게. 안 끝난 것도 가져오고."

"로드……!"

후작이 다시 말을 잇지 못한다.

"작업 효율이 너무 없어서 그러네. 나는 시급히 필요한 것이거든. 아무래도 새로운 마법 하나를 창안해야 할 듯하네."

"네? 마, 마법을 새로 창안하신다고요?"

후작의 눈이 커진다. 새로운 마법을 만들어낸다는 말에 화들짝 놀란 것이다.

마법사들은 마법서에 기록되어 있는 마법 이외엔 알지 못한다. 새로운 걸 만들어낸다는 건 상상조차 못할 일이다. 그런데 별일 아니라는 듯 이야길 하니 반쯤 넋이 나간 것이다.

"마법으로 하면 될 것을 괜한 고생을 시켰네."

"아, 아닙니다, 로드!"

후작의 허리는 더 깊숙이 숙여진다. 존경하는 마음이 절로 일어서이다.

겉보기에 현수는 겨우 25세이다.

후작에 비하면 한참 어린 나이이다. 하지만 본인보다 어리다는 생각은 손톱만큼도 없다.

겉모습만 이럴 뿐 실제 나이는 최하 300살이라 여기고 있다. 그렇지 않고 인간이 어찌 10서클의 경지에 오르겠는가!

후작은 경외[9]하는 눈빛으로 현수를 바라본다.

같은 시각, 이냐시오는 꽃밭에서 놀고 있다. 내로라하는 집안 여식들이 둘러싼 때문이다.

이냐시오는 에델만 공작의 손자이자 백작의 아들이다. 제대로 성장만 하면 언젠가는 공작이 된다는 뜻이다.

게다가 그랜드 마스터이자 매지션 로드이며, 이 세상 모든 마탑 위에 우뚝 솟아 있는 이실리프 마탑주의 조카이다.

하늘을 나는 새도 떨어뜨릴 권세를 갖게 된다.

이냐시오의 배우자가 되는 것은 이런 권세를 같이 누릴 수 있음을 의미한다.

그렇기에 적극적인 애정공세를 받고 있는 중이다.

"이냐시오, 뭐 먹고 싶은 거 없어? 말만 해. 뭐든 다 먹을 수 있게 해줄게."

닐센 도널드 반 프레쉐 공작의 손녀 자밀라가 한 말이다.

"이냐시오, 내일 나랑 같이 연못가로 피크닉 가지 않을래?

---

9) 경외(敬畏) : 공경하면서 두려워함.

모든 준비는 내가 할게. 너는 몸만 와."

하프만 돌첸 폰 쿠마렌 공작의 손녀 에밀리이다.

둘 다 공작가의 손녀인지라 매우 도도하다. 하여 아카데미의 어느 누구도 둘에게 가까이 다가갈 수 없었다.

둘은 오로지 학업에만 관심 있다는 듯 각자의 학부에서 열심히 공부했다. 상당한 성취를 이루었기에 도도함은 더해갔다.

하여 같은 아카데미 생도이지만 다가가기 힘든 존재였다.

둘은 서로를 마뜩치 않게 여긴다. 그렇기에 같은 아카데미에 있으면서도 가까이 있는 경우가 거의 없다.

그런데 오늘은 경쟁하듯 이냐시오의 좌우에 착 달라붙어 환심을 사려 한다.

공작의 손녀가 곧 공작인 것은 아니기 때문이다.

언젠가 결혼을 하게 될 텐데 공작위를 물려받을 사람에게 시집가는 게 아니라면 신분이 내려앉는 셈이다.

그런데 이냐시오라는 싱싱한 먹잇감이 생겼다. 잡기만 하면 평생 호의호식하면서 떵떵거리며 살 수 있다.

하여 이렇듯 아양까지 떠는 것이다.

두 공녀의 주변엔 후작가나 백작가의 여식, 또는 손녀들이 우글거리며 기회를 노리고 있다. 인원이 너무 많아서 자작이나 남작가는 아예 명함조차 못 내밀 상황이다.

이냐시오는 갑작스런 여자들 공세에 정신 못 차리고 있다.

16세부터 23세까지 그야말로 꽃다운 나이의 아름다운 여자들이 저마다 향기를 뿜으며 유혹한다.

혈기 왕성한 사내 앞에 일부러 드러낸 가슴골이 널려 있는데 어찌 맨 정신일 수 있겠는가!

이냐시오는 뭇 사내들이 부러워할 행복한 비명을 지르는 중이다. 그러면서도 볼 건 다 보고 있다.

장차 에델만 공작가에 지분 냄새가 진동하게 될 듯하다.

노스럽이라 불리던 사내가 있다.

현수가 아르센 대륙에 와서 처음으로 방문했던 도시 올테른의 영주 에릭 마이스진 백작의 하나뿐인 아들 피어슨 마이스진의 별명이다.

수도에 있는 아카데미 재학 시절 초절정 정력가로 수많은 여인을 섭렵했던 자이다. 세실리아 여관에서 까불다가 현수에게 호되게 당한 자이기도 하다.

이냐시오 역시 그에 버금갈 조짐을 보이고 있다.

손만 뻗으면 어떤 여인이든지 기꺼이 품에 안기겠다고 안달을 하고 있다. 웬만한 자제력으론 견뎌내기 힘들 것이다.

같은 시각, 케이엔 제국의 수도에 위치한 이레나 상단 지부에선 여느 날과 마찬가지로 상담이 이루어지고 있다.

"에, 그러니까 이 물품은 아르센 대륙 어디에서도 구할 수 없는 겁니다. 오로지 우리 이레나 상단에서만 취급하는 품목이라 그렇습니다."

일루신 에델만 드 로이어는 눈앞의 거만하게 생긴 귀족이 빨리 결정해 줬으면 하는 마음이다.

커피잔 세트를 사러 여러 번 방문했는데 오늘은 두 시간째 비싸다는 말만 되풀이하고 있다.

값이 안 맞으면 안 사면 그만이다. 그런데 가질 않는다.

"너무 비싸서 그렇다. 깎아주면 매입하겠다. 조금 전에도 말했지만 우리는 몬스터가 우글거리는……."

멀리 브론테 왕국에서 왔다는 이 사내는 커피잔을 사기 위해 갈비온 산맥을 넘어왔다고 한다.

그게 최단 거리 코스이기 때문이란다.

갈비온 산맥은 바세른 산맥에 버금갈 험산 준령이 즐비한 곳이다. 당연히 몬스터도 많다.

그런 곳을 거쳐 왔으니 깎아달라는 말만 되풀이한다.

이레나 상단은 현수로부터 받은 커피잔 세트를 정가 판매하고 있다.

카이로시아가 있는 미판테 왕국이나 이곳 카이엔 제국, 그리고 본점이 있는 라이서 제국 모두 동일한 가격이다.

그렇기에 깎아달라는 말을 받아들일 수 없음을 여러 번 이야기했는데도 막무가내이다.

진짜 귀족인가 의심이 갈 지경이다.

차라리 안 팔고 말겠다는 생각을 했지만 부친의 엄격한 당부가 있었기에 그러지도 못한다.

이레나 상단의 모토[10]는 친절이다.

상단이 돈을 버는 것은 고객이 있기 때문이니 상대가 어떠하든 끝까지 웃음 띤 얼굴로 인내심을 가지고 거래에 임하라는 것이다.

하여 지금까지 그래 왔듯 인내심을 갖고 응대하는 중이다. 입이 말라 수시로 집사를 불러 차를 내오게 했다.

"죄송합니다. 저희 상단에선 정찰제를 시행하고 있습니다. 멀리서 힘들게 오신 건 알지만 할인 판매는 못해 드립니다."

정중히 고개 숙여 예를 표했다. 이쯤 되면 가라는 뜻이다.

"허어! 조금만 깎아주면 산다니까 왜 이렇게 말귀를 못 알아듣나? 물건 팔기 싫은가?"

"그건 아닙니다. 지금까지 여러 차례 반복해서 말씀드렸듯 할인은 못해 드립니다. 그러니 정가대로 매입하실 의사가 없으시면 이만……."

뒷말은 알아서 상상하라고 일부러 흐린다.

"허어! 참! 좋아, 알겠네. 오늘은 이만 가지."

내일도 올 생각인 듯하다. 이 얼굴을 또 볼 생각을 하니 끔

---

10) 모토(Motto) : 살아 나가거나 일을 하는 데 있어서 표어나 신조 따위로 삼는 말.

찍하다. 벌써 사흘째 하루에 두 시간씩은 빼앗기고 있다.

"끄응! 그럼 안녕히 가십시오."

그래도 고객이라 여기고 정중히 예를 갖췄다. 그런 그를 바라보는 사내들이 있다.

일루신의 뒤쪽엔 세 명이 있다. 경호원 개념으로 고용한 A급 용병들이다.

이레나 상단이 특이한 물건으로 돈을 벌기 시작하자 이를 시기한 다른 상단으로부터 해코지가 있을 것이 예상되어 고용한 자들이다.

브론테 왕국의 백작이라는 자의 뒤에도 사내 하나가 있다. 눈매가 날카롭게 생긴 호리호리한 자이다.

"휴우! 내일 또 온다고? 차라리 자리를 비울까? 백작이라면서 비싸다고 깎아달라는 사람은 처음이네. 브론테 왕국이 그렇게 어려운가?"

브론테 왕국은 테리안 왕국과 접경한 국가이다. 흑마법사들이 득세한 나라로 현수에게 작살난 바 있다.

악의 무리에 의해 점령된 땅이지만 결코 가난하진 않다. 옆 나라 침략으로 조금씩 영토를 넓히는 가운데 막대한 부를 축적하고 있기 때문이다.

뿐만 아니라 상당히 많은 마법 무구를 수출한다.

다크매직 미사일 마법이 인챈트된 검이 제일 많다.

대결 중 갑자기 음산한 기운을 띤 다크매직 미사일이 쏘아져 나오면 감당하기 힘들기에 많이 팔려 나갔다.

이레나 상단은 현재 대륙 거의 모든 나라에 지부가 있다. 하지만 브론테 왕국에는 없다.

흑마법사들을 상대로 거래하기 싫어서이다.

어쨌거나 귀족치곤 희한한 핑계를 대고 물러갔다.

"으음! 또 일이 밀려 있겠지?"

"아무래도 그렇지 않겠습니까?"

한시도 일루신으로부터 다섯 발자국 이상 떨어지지 않는 A급 용병 가운데 하나의 말이다. 고용 기간이 길어지면서 상단의 속사정을 알게 되었다. 하여 이런 대답을 하는 것이다.

"집사! 집사!"

"네, 지부장님!"

"밀린 일 많은가?"

"네, 서류 결재해 주실 게 40건쯤 되고, 면담하실 분 여섯 분이 기다리십니다."

"알겠네. 저녁 식사는 집무실에서 할 것이니 때 되면 들여보내 주게. 서류는 내 책상 위에 놓고, 면담할 사람은 차례대로 들여보내게."

"네, 지부장님!"

잠시 후, 일루신은 바쁜 일정을 소화해야 했다.

시간이 흘러 대부분의 일과를 마친 일루신은 침대에 올랐다. 피곤해진 몸을 쉬게 하려는 것이다.

　이불을 덮고는 한마디 했다.

　"거기 있지?"

　"네, 오늘은 제가 불침번입니다."

　야간 경호를 맡은 용병의 대답이다.

　"아! 자네군. 오늘도 잘 부탁하네."

　"네에. 걱정 마시고 편히 쉬시길……."

　잠시 후, 일루신의 숨소리가 고르게 변한다. 잠에 빠져든 것이다. 그리고 얼마의 시간이 더 흘렀다.

　야간 경호를 맡은 용병이 지루함을 견디다 못해 슬쩍 자세를 바꿨다. 그 순간이다.

　쉬이익―! 퍼억!

　"크흑!"

　단검 한 자루가 용병의 목에 박혔다.

　"끄르르! 크르르르!"

　털썩―!

　전혀 예상치 못했던 순간에 섬전 같은 암습이었다.

　A급 용병이 되기까지 수많은 몬스터를 상대했고, 상당수의 산적들을 죽였으며, 여러 번 전쟁터를 경험했다.

　나름대로 실력이 있다고 자타가 공인했는데 너무도 어이

없는 죽음이다.

스르르ㅡ!

어둠 속에서 시커먼 인영 하나가 나타난다. 고도의 수련을 거친 어쌔신인 듯하다.

달이 없어 어두웠지만 소리 없이 이동하여 용병의 죽음을 확인한다. 그리곤 목에 박힌 단검을 회수했다.

검신이 좁고 양쪽의 날이 아주 예리하게 갈린 기형단검이다. 용병의 옷에 묻은 피를 닦아내곤 조심스레 일루신의 곁으로 다가갔다.

키가 크고 호리호리한 자이다. 아까 브론테 왕국 백작을 따라왔던 자와 몸집이 같다.

일루신은 여전히 고른 숨소리를 내고 있다.

어쌔신은 일루신의 심장 부위를 가늠하고 단검을 곧추세웠다. 이제 힘주어 누르기만 하면 목적을 달성한다.

일루신으로선 자다가 비명횡사하는 위기의 순간이다.

"이잇!"

번쩍ㅡ! 파지지지직ㅡ!

"캐애액!"

털썩ㅡ!

일련의 상황은 삽시간에 일어났다.

어쌔신의 단검이 심장으로 파고들려는 그 순간 일루신의

목에 걸린 목걸이에서 빛이 뿜어져 나왔다.

그것은 번개였다.

자연적인 번개는 1m당 전위차가 5×10^5Volt이다. 이것에 맞으면 사람의 몸은 약 $300\,\Omega$짜리 전기 도체가 된다.

번개를 맞아 사람이 죽는 이유는 호흡이 정지하거나 심장 박동이 멈추어 버리기 때문이다.

이는 몸속의 전류에 의한 에너지, 즉 '전류×전압×시간'의 양이 몸무게에 비해 일정량을 넘을 때에 일어난다.

물론 전류의 비율이 낮아 치사 수준에 이르지 않으면 후유증 없이 회복될 수도 있다.

어쨌거나 어쌔신은 번개에 맞았다.

비도 오지 않았고, 실내에서 맞았다. 그렇다면 자연적인 것이 아니라 마법이다.

어쌔신이 비명을 지르며 쓰러지던 순간 일루신은 벌떡 일어났다. 너무도 강렬했던 불빛과 비명에 놀란 것이다.

그런 그의 목에는 자그마한 펜던트 하나가 매달려 있다.

현수가 이곳을 방문했을 때 헤어지면서 주고 간 것이다.

어린 시절 로시아에게 아주 살갑게 굴었다는 오라비이다. 하여 혹시 모를 상황을 대비한 아티팩트를 주었다.

지금처럼 위기 상황 때 라이트닝 마법이 구현되도록 마법이 인챈트된 것이다.

"헉!"

서둘러 불을 밝힌 일루신은 죽어 있는 어쌔신과 용병을 보고 경악성을 터뜨렸다.

"바, 바, 밖에 아무도 없느냐? 아무도 없어? 집사! 집사!"

일루신이 고함을 지르고 얼마 지나지 않아 우당탕거리며 일단의 무리가 다가온다.

만일을 대비하여 근처 방에서 쉬고 있던 경호용병들이다.

우당탕탕—! 탕탕탕탕—!

복도를 딛는 소리가 요란하다.

벌컥—!

"지부장님! 허억!"

문을 열고 들어선 용병은 어쌔신과 용병의 시체를 보고 당혹성을 터뜨린다.

그리곤 즉시 검을 뽑아 들고 예리한 시선으로 사방을 살핀다. 하지만 아무도 없다.

"지, 지부장님! 이게 어떻게 된 일입니까?"

"몰라. 자고 있었는데 비명 소리에 놀라서 깼어. 일어나 보니 이래. 이, 이게 대체 무슨 상황인 거야?"

평소의 일루신답지 않게 당황한 기색이 역력하다. 이 와중에 용병과 어쌔신의 시체를 살핀 용병이 다가선다.

"지부장님, 어쌔신이 침입하여 호세를 죽이고 지부장님께 해코지를 하려다 라이트닝 마법에 직격된 것 같습니다."

"라, 라이트닝?"

"네. 시체의 피부에서 화상이 발견되었으며 붉고 회색인 나뭇가지 모양의 흔적이 있는 것으로 미루어 짐작할 때 라이트닝 마법이 맞습니다."

"그럼 벼락이 떨어졌다는 거야? 여긴 실내인데?"

현수가 준 것이 아티팩트라는 걸 모르기에 하는 소리다.

"혹시 마법이 인챈트된 물건이 있습니까?"

"마법이 인챈트된 물건? 아티팩트를 말하는 건가? 내게 그런 게 있을 리가…… 아, 어쩌면……."

목에 걸린 펜던트를 살피니 색깔이 변한 듯하다.

"어라? 이거 보라색이었는데 왜 자주색이 되었지?"

"그거 혹시 아티팩트 아닙니까?"

용병의 말에 고개를 끄덕였다.

"아마도 그럴 거야. 매제 될 사람이 준 거니까."

"매제요? 그분이 마법사이신가요?"

"그래. 이실리프 마탑의 마탑주이시지."

"네? 누, 누구요? 바, 바, 방금 이, 이, 이실리프 마탑의 마탑주님이라고 말씀하셨습니까?"

용병들 모두 화들짝 놀라며 물러선다. 너무도 놀라 저도 모르게 뒷걸음질 친 것이다.

이때 일루신은 펜던트를 쓰다듬고 있다.

'고맙네, 매제.'

현수의 얼굴을 떠올린 일루신은 어쌔신의 시체를 수색하라 명했다. 당연히 아무것도 나오지 않는다.

달랑 단검 한 자루만 있을 뿐이다.

"어쌔신의 시체는 적당한 곳에 묻게. 호세의 유족은 어디에 있는지 알아보고 장례식을 준비하게."

"네, 알겠습니다."

"휴우!"

모두가 물러가자 일루신은 나직한 한숨을 쉬었다.

"근데 누가 보낸 거지? 으으음!"

어쌔신을 보내 죽이고 싶을 정도라면 상대에게 대단한 잘못을 했어야 한다.

그런데 아무리 생각해 봐도 그러지 않았다.

정정당당한 상거래 이외엔 아무런 술수도 부리지 않았고, 남의 거래를 중간에서 가로챈 바도 없다.

"대체 누구란 말인가?"

아무리 생각해 봐도 남의 눈에서 피눈물 나게 하지 않았다. 그럼에도 어쌔신이 죽이러 왔다.

잘못된 주소를 받은 게 아니라면 목표물은 자신이다.

일루신은 이맛살을 좁혔다. 그러는 내내 펜던트를 쓰다듬는다. 자신의 목숨을 구해준 소중한 물건이기 때문이다.

같은 순간 경호용병들은 일루신을 경외감 어린 눈빛으로 바라보고 있다. 이실리프 마탑주를 매제로 두었다는데 어찌 안 그렇겠는가!

＊　　＊　　＊

"네? 성녀님이 아직도 깨어나지 않았다고요?"

"네, 그래서 걱정입니다."

머리 허연 페룸 신관이 걱정스런 표정을 짓는다.

그에게 있어 성녀는 받들어 모셔야 할 존재이기도 하지만 딸이나 손녀 같기도 하다.

그런 성녀가 기절한 지 벌써 며칠이 지났다. 물 한 모금 입에 대지 않은 상태인지라 나날이 말라간다.

신의 사랑을 받는 성녀이지만 그 이전에 인간인지라 놔두면 굶어죽을 것이다.

기절하자마자 마법을 썼다. 어웨이크, 컴플리트 힐, 그리고 리커버리 마법까지 썼다. 하지만 아무런 효과도 없었다.

특별한 상처가 있는 게 아니기 때문이다.

신성력이 막고 있는 게 아니라면 방법이 없다. 그래도 혹시나 하는 마음이 들었다.

CHAPTER 09
이제 소원 들어주세요

"페룸 신관님, 성녀님을 뵈어야겠습니다."

"네, 제가 모시지요."

황제의 귀빈이기 때문에 선선히 받아들인 게 아니다. 신전에도 눈과 귀가 있다. 수많은 신자가 그 역할을 한다.

하여 가만히 있어도 세상 돌아가는 풍문 정도는 듣는다.

그중 가장 쇼킹한 건 하인스 백작이 그랜드 마스터이며 매지션 로드이고 이실리프 마탑주라는 것이다.

황제 부럽지 않은 신분인 것이다.

어느 한 방면으로도 끝에 오르기 힘들다는 건 누구나 아는 사실이다. 그런데 두 방면의 극에 올라 있다.

같은 인간으로서 마땅히 존경해야 할 존재이다.

페룸 신관은 사내에겐 관심조차 없던 성녀가 왜 외국인인 하인스 백작에게 그토록 마음을 줬는지 이해했다.

그리고 왜 의식을 잃은 채 누워만 있는지도 안다.

매듭을 지은 사람은 하인스 백작이다. 그걸 풀 능력을 가진 유일한 사람도 하인스 백작이다. 그렇기에 사내들이 들어가선 안 될 성녀의 처소로 안내하는 것이다.

현수가 안내된 곳은 흰색 석조건물이다. 이곳은 성녀가 머무는 성녀전이다.

가이아 여신에게 기도를 올리는 기도실과 성녀 집무실, 그리고 침실 등으로 구성되어 있다.

"성녀님은 저 안에 계십니다."

"네, 페룸 신관님."

말을 마친 페룸 신관이 성녀전 시녀에게 눈짓을 하자 모두들 뒷걸음질로 물러난다. 딱 하나 남은 시녀가 현수를 성녀의 침실로 안내했다. 그리곤 그녀 역시 물러났다.

페룸 신관의 지시라도 받은 모양이다.

'전음으로 지시했나?'

이곳에 와서 시녀들에게 말하는 소리를 듣지 못했기에 고개를 갸웃거린다. 이는 현수의 오해이다.

신전은 엄숙하고 조용한 곳이어야 한다. 하여 신전에 머무는 사람들은 수화(手話)에 능통하다.

다시 말해 손짓으로 지시했던 것이다.

삐이꺽—!

신전이라 하지만 현대식 경첩이 없으니 마찰음이 들린다.

성녀전이 가이아 여신에게 봉헌된 이후 이곳은 어떠한 사내도 발을 들여놓은 적이 없다.

일전에 현수가 왔던 곳은 성녀전 초입에 있는 집무실이다.

그곳은 황제, 또는 백작급 이상 고위 귀족들을 만날 때 사용된다. 현수는 황제에 버금갈 대우를 받을 자격이 있다.

그렇기에 발을 들여놓을 수 있는 것이다.

문이 열리자 곧바로 약간 떨어진 곳에 다른 문이 보인다.

정교한 조각으로 치장되어 있는 아름다운 문이다.

누군가 정성 들여 만든 게 분명하다.

왼쪽엔 가이아 여신의 고상이 세워져 있다.

드나들 때마다 기도를 하는지 두툼한 포단이 깔려 있다.

통로의 오른쪽엔 커다란 거울이 있다. 물론 현대식 거울은 아니다. 매무새를 가다듬으라는 뜻인 모양이다.

거울의 좌우엔 성녀의 의식용 예복들이 걸려 있다. 지구로 치면 드레스 룸 정도 되는 듯하다.

삐이꺽—!

정교한 장식으로 치장된 문을 여니 망사 비슷한 천으로 만든 커튼이 쳐져 있다.

이걸 한쪽으로 젖히니 커튼이 쳐진 침상이 보인다.

"흐음!"

나지막이 헛기침을 했다. 깨어 있으면 기척이라도 하라는 뜻이다. 하지만 고요하다.

"허음!"

또 한 번 헛기침을 하고 살며시 커튼을 젖혔다.

"……!"

누워 있는 성녀를 보곤 흠칫하지 않을 수 없었다. 불과 며칠인데 너무 말라 있다.

"……!"

침상의 곁엔 시녀들이 앉는 의자가 있다.

의자에 앉으니 성녀의 파리한 옆모습이 보인다.

"성녀님……."

무어라 말을 하겠는가!

자존심 다 버리고 열두 번째 여인이라도 되겠다며 받아들여 달라고 애원했다.

"그때 내가 너무 매몰차게 거절해서 이런 건가?"

당시 상황을 유추해 보면 그것 이외엔 이유가 없다. 신의 가호를 받는 성녀이니 질병 따윈 있을 수가 없다.

지병도 없는 여자가 갑자기 혼절을 해서 코마 상태가 되었다. 그렇다면 심리적인 이유밖에 없다.

그것은 남녀 간의 애정 문제뿐이다.

성녀가 다른 이유로 심리적 안달을 할 게 없기 때문이다.

"성녀, 내 어디가 좋아서 자존심까지 버리고 그런 것입니까? 성녀처럼 아름다운 분이 또 어디에 있다고."

이 말은 사실이다. 스테이시 아르웬이란 이름을 가진 성녀는 누가 봐도 극상의 미인이다.

이런 미인이 정실도 아닌 첩실의 자리, 그것도 12번째 자리를 달라고 애원했다. 있을 수 없는 일이다.

"성녀, 어서 정신을 차리세요. 이러다 죽습니다."

현수는 슬쩍 성녀의 교구를 흔들었다. 하지만 헝겊 인형처럼 흔들릴 뿐이다.

거의 반시간 동안 이런저런 독백을 하며 깨어나게 하려 애를 썼다. 그러다 문득 한의학을 떠올렸다.

한의사 자격증은 없지만 그에 준하는 지식은 갖추고 있다.

시침 경험도 제법 많다. 테세린을 떠나 나후엘 영지까지 가는 동안 줄리앙과 용병들을 상대로 침을 놨었다.

하여 침을 꺼내 코 바로 밑 인중혈에 시침했다.

잠시 기다려 보았지만 반응이 없어 내관혈과 화경혈, 그리고 화주혈까지 시침했다. 그래도 반응이 없다.

"으으음! 안 되는 건가?"

마법으로도 안 되고 한의학으로도 안 된다.

잠시 고심하다 주변을 슬쩍 돌아보았다. 누가 볼까 싶었던 때문이다.

"와이드 센스!"

최소 30m 내에는 아무도 없다. 성녀전 시녀들 모두 밖에서 대기하는 듯하다.

"추나요법이면 될까?"

추나란 한의사가 수기법을 통해 환자를 시술하는 것으로 한의학의 외치법에 속하는 것이다.

경혈, 근막의 압통점, 척추 및 전신의 관절 등을 조작하여 인체의 생리, 병리적 상황을 조절함으로써 치료 효과를 거두는 것이다. 안마라는 표현을 쓰기도 했다.

읽었던 의서 내용을 떠올린 뒤 조심스레 성녀의 전신을 주물렀다. 너무도 아름다운 여인인지라 웬만하면 흥분하거나 음흉한 마음을 품을 수 있다.

하지만 현수의 호흡은 고르다. 치료 행위 이외엔 아무런 상념도 없는 상태이다.

15분에 걸친 추나요법을 정성껏 시전했건만 역시 아무런 반응이 없다.

"으음! 소용이 없군. 이것도 안 되면 어떻게 하지?"

머릿속의 지식을 총동원하여 기절 상태를 벗어나게 할 묘안을 떠올렸으나 마땅하지 않다.

"성녀, 대체 왜 이러십니까? 성녀는 이 세상에서 가장 잘난 사내와 맺어져야 합니다. 나는 성녀의 상대로 부족함이 너무 많아요. 그런데 왜……."

하던 말을 멈췄다. 그리곤 아름다운 성녀의 얼굴에 시선을 주었다. 만나서 밀어를 속삭인 것도 아니고, 분위기 좋은 레스토랑 같은 데서 담소를 나누지도 않았다.

클럽에서 부비부비를 한 것도 아니고, 오랜 시간 함께한 친밀감이 있는 것도 아니다. 그런데 이렇듯 마음을 불편하게 하니 조금은 밉기도 하다.

"성녀님이 밉습니다. 왜 나를 좋아해서……. 나보다 나은 사내들이 널리고 또 널렸는데 왜 나를 택해서……. 열두 번째 자리도 좋다구요? 성녀가 뭐가 부족해서 그런 자리로 가려 합니까?"

어차피 기절한 상태라 아무것도 듣지 못하는 상황이다. 그렇기에 현수의 음성엔 약간의 짜증이 묻어 있다.

"어서 일어나세요. 이럴 이유가 없잖아요. 어휴!"

현수는 자리에서 벌떡 일어났다. 그리곤 성녀전 밖으로 나갔다. 페룸 신관이 기다렸다는 듯 다가온다.

"성녀님은 어찌 되었습니까?"

"마법으로도 의술로도 다 안 됩니다. 여러분의 신께 빌어 보십시오."

"벌써 했지요. 저희 모두 날마다 성녀님이 쾌차하시길 빌고 있습니다."

고개 숙인 페룸 신관의 허연 머리카락을 보니 미안한 마음이 든다. 자신 때문에 모두들 고생하고 있다 느낀 것이다.

"……!"

뭐라 할 말이 없기에 입 다물고 있었다.

"곧 성녀님의 쾌차를 위한 기도 시간입니다. 괜찮으시다면 같이 가주시겠습니까?"

"저도요?"

"네, 하인스님이 마법사라는 건 알지만 성녀님을 많이 아끼셨잖습니까?"

"제가요? 아, 네. 그, 그럼요."

현수는 저도 모르게 말을 더듬었다.

"그럼 가시죠."

얼떨결에 페룸 신관의 뒤를 따라 신전으로 들어섰다.

정결을 의미하는 흰색으로 꾸며져 있다. 크기로 미루어 짐작컨대 성녀와 신관들만 들어오는 곳인 듯싶다.

"이곳은 원래 성녀님께서 신탁을 받으실 용도로 지어진 겁니다. 그런데 한 번도 신탁이 내려오지 않았지요."

"아! 그렇군요."

고개를 끄덕이며 주위를 살폈다.

원형으로 지어진 이 축조물의 중심엔 대지의 여신 가이아가 사람 크기의 두 배쯤 크게 만들어져 있다.

누구의 솜씨인지 알 수 없지만 대단하다는 말이 절로 나올 정로도 선이 곱고 정교하다.

대지의 여신은 다소 풍만한 여인의 모습이다. 모든 것을 포용하는 부드러운 미소가 어려 있는 얼굴이다.

"백작님께서는 그쪽 포단을 쓰시지요."

성녀를 제외했을 때 가장 높은 신관이 폐룸인 듯 기도를 집전하며 여러 의식을 행한다.

현수는 말없이 포단에 무릎을 꿇고 앉았다. 마법사들이 보았다면 질색할 모습이다. 그러거나 말거나이다.

기도를 해서 성녀가 깨어날 수만 있다면 이깟 무릎이야 열 번도 더 꿇을 수 있다 생각한 것이다.

성당에서 분향할 때 쓰는 향로 비슷한 것에 무언가를 넣고 태운다. 금방 연기가 솟는다. 그런데 이상하다. 매캐하거나 거북하지 않고 오히려 속이 시원하다는 느낌이다.

굳이 비교하자면 박하 향을 맡은 것 같다.

"……!"

대체 무엇일까 하는데 폐룸 신관이 기도문을 읊는다.

자애롭고 넉넉하신 가이아 여신이시여!

당신의 이름을 찬미하오며 더없이 경애하나이다.

이제 당신이 보살피는 땅을 딛고 사는 종자들이 간구하오니 저희의 기도를 들어 너그러이 허락하소서.

경애하옵는 가이아 여신이시여!

당신의 사랑을 점지 받은 성녀께서 깊은 혼절 속을 헤매고 있나이다. 부디 긴 잠에서 깨어나 예전처럼 저희와 함께 기도하게 하소서!

더없이 고마우신 여신이시여!

성녀께 다시 한 번 은총을 내리시어 세속에서의 삶이 끝나지 않게 하여 주시오소서.

당신 덕에 늘 풍성한 수확이 있음을 깊이 감사드리나이다.

페룸 신관의 음성은 낮고 장엄했다. 기도문은 길지 않았고 발음은 정확했다.

많이 늙었음에도 발음이 새거나 더듬거리지도 않았다.

더없이 진솔한 모습으로 기도문을 낭독한 페룸은 방금 드린 기도문이 적힌 양피지를 가이아 여신의 고상 앞에 가져다 놓는다. 그리곤 다 같이 절을 하려는 순간이다.

성전 중앙에 놓인 가이아 여신 고상이 빛남과 동시에 부드러우면서도 장엄한 음색이 흘러나온다.

　나의 사랑하는 종자들아, 들어라!
　너희의 간절한 기도를 받아들여 내 딸을 세상으로 돌려보낸
다. 너희 중에 내 딸의 마음을 아프게 하는 자는 나를 아프게
하는 자이니 내 뜻을 깊이 헤아리길 바라노라.

　여신의 말이 잠시 끊긴다. 그러더니 고상으로부터 눈을 뜰
수 없을 정도로 환한 빛이 줄기줄기 뿜어진다.
　파아아아앗―!
　빛의 줄기 중 가장 굵고 환한 것이 곧장 현수에게 닿았다.
그리곤 여신의 음성이 이어졌다.

　너는 내가 간택한 내 딸의 배우자!
　선택 받은 인간이여!
　누릴 수 있는 모든 복락을 누리며 살지니 내 딸을 잘 보살펴
내 뜻이 세상에 널리 퍼지도록 하라.
　나의 뜻에 따를 때 네 세상에도 나의 힘이 미치리라.

　파아아아아앗―!
　다시 한 번 강렬한 빛이 뿜어진다.

그리곤 언제 그랬느냐는 듯 씻은 듯 사라졌다. 너무도 강렬했던 빛인지라 갑작스런 어둠에 모두들 눈을 비빈다.

그러나 딱 하나, 눈을 비비지 않는 사람이 있다.

"……!"

현수이다. 머릿속을 파고든 여신의 음성으로 인해 온몸에서 느껴지는 전율[11] 때문이다.

"너는 내가 간택한 내 딸의 배우자! 선택받은 인간이여! 누릴 수 있는 모든 복락을 누리며 살지니 내 딸을 잘 보살펴 내 뜻이 세상에 널리 퍼지도록 하라. 나의 뜻에 따를 때 네 세상에도 나의 힘이 미치리라."

현수는 방금 들은 여신의 말을 되새기고 있다.

이때 가장 먼저 시력을 찾은 페룸 신관이 나직한 탄성을 지른다.

"아! 저 찬란한 광휘! 오! 신이시여!"

현수 본인은 느끼지 못하지만 전신에서 빛이 뿜어 나오는 중이다. 여신의 고상으로부터 뿜어진 빛과 같은 것이다.

여러 번 바디 체인지를 겪어 노폐물도 없고, 뒤틀린 곳도 없으며, 손상된 부위도 없고, 기능이 약해진 장기도 없다.

그런데 지금 또 한 번의 바디 체인지가 진행되고 있다. 신성력에 의한 것이다.

---

11) 전율(戰慄) : 몹시 두렵거나 큰 감동을 느끼거나 하여 몸이 벌벌 떨리는 것.

원래 별문제가 없는 몸이었기에 속도가 매우 빠르다.

푸쉬쉬―!

땀구멍을 통해 빠져나간 것들은 즉시 증발해 사라졌다. 하지만 악취 따윈 느껴지지 않는다.

"오오! 가이아 여신이시여! 아……!"

뒤늦게 눈을 뜬 나머지 신관들 역시 현수의 몸에서 뿜어지는 빛에 탄성을 낸다.

이때 페룸 신관의 나직한 호통이 터진다.

"가이아 여신께서 친히 점지하신 성군이시다! 모두 경배하라! 경배하라!"

"아아! 내 인생에 이런 광영이 있다니! 여신이시여!"

모든 신관이 현수를 향해 극고의 예를 표한다.

아르센 대륙에는 여러 신의 신전이 있다.

바다의 신도 있고, 전쟁의 신도 있으며, 불의 신, 물의 신 등등 숫자만 해도 20이 넘는다.

다른 신전의 성녀들은 평생 독신으로 신만 모시며 살지만 가이아 여신은 다르다. 그렇기에 성녀도 혼인을 할 수 있다.

성녀의 배우자는 성군(聖君)이라 칭해진다.

결혼하여 성녀와 합방하면 추기경급 신성력을 쓸 수 있게 되고, 금슬이 좋을수록 더 진한 신성력을 갖는다.

성군은 성녀와 더불어 경배의 대상이며 교황도 함부로 할 수 없는 존재이다.

라이서 제국의 전통은 성군에게 후작의 작위를 부여하고 평생 안전을 보장한다. 반역만 아니면 어느 누구도 성군의 영지를 상대로 영지전조차 걸 수 없다.

한 가지 제약이 있다면 교황이 될 수는 없다는 것이다. 부부에게 모든 권력을 주지는 않는다는 뜻이다.

"성군이시여!"

현수가 눈을 뜨자 페룸 신관이 나직이 외쳤고, 모든 신관이 동시에 고개를 조아린다.

"…성군이라니요?"

"성녀님께 먼저 가보시지요."

"…그렇군요. 가봅시다."

현수가 몸을 돌리자 신관들이 우르르 뒤를 따르려 한다.

"어허! 성군이 되시어 처음으로 성녀님께 가는 길이시다. 모두 물럿거라!"

페룸 신관의 일갈에 모든 신관들이 몸을 멈춘다.

그리곤 고개를 끄덕인다. 어쩌면 오늘 성녀전에서 첫날밤의 의식이 치러질지도 모른다는 걸 깨달은 것이다.

"성녀께서 깨어나셔서 정식으로 발표하기 전까진 모두 입을 다물어야 할 것이다. 너희는 이곳에서 여신께 감사 기도를 드리도록 하라."

"……!"

"잊지 마라. 이 신전이 지어지고 처음으로 여신의 신탁이 있으셨다. 어느 것 하나도 소홀(疏忽)히 다뤄선 안 될 것이다. 알겠는가?"

"네."

모두가 고개를 끄덕일 때 페룸 신관의 말이 이어졌다.

"지금 이 시간부터 이곳은 더없이 성스러운 곳이다. 신관 이외의 출입을 엄히 금한다. 아울러 앞으론 이곳의 청소는 신관들이 맡는다. 알겠는가?"

"지당하신 말씀이옵니다."

신관 중 하나의 말이다. 페룸의 말처럼 시녀들이 드나들다 여신의 고상이라도 깨면 큰 문제가 되기 때문이다.

"오늘의 일은 사서에 기록되어야 한다. 이 자리에 있었던 사람들의 인적 사항을 기록하여라."

"알겠사옵니다."

페룸 신관이 젊은 신관들에게 이런저런 지시를 하고 있을 때 현수는 성녀전에 당도했다.

현수가 발을 들여놓자 아까처럼 모두가 물러간다.

한번 와본 곳인지라 거침없이 침상까지 다가갔다. 여전히 의식이 없는 듯 눈을 감고 있다.

"성녀님······."

말을 이으려던 현수가 얼른 입을 다문다. 눈꺼풀은 덮여 있지만 눈동자가 심하게 움직이고 있기 때문이다.

"······!"

잠시 침묵의 시간이 흘렀다. 대략 5분이다.

반짝—!

성녀의 눈이 떠진다. 에메랄드빛 눈동자가 인상적이다.

"아, 하인스님. 방금 신탁을 받았어요."

며칠을 굶어서 그런지 힘이 없는 듯하다.

"바디 리프레쉬! 리커버리!"

샤르르르르르릉—!

마나가 성녀에게로 향했다. 그리곤 체내로 파고들어 빠른 속도로 기력을 회복시켰다.

"이제 좀 괜찮습니까?"

"네, 괜찮은 거 같아요. 저 좀 일으켜 주시겠어요? 누워 있으니까 좀 이상해요."

침대에 누운 채 대화하는 게 어색한 것이다.

현수가 손을 내밀어 성녀를 앉게 했다.

"저 얼마나 누워 있었던 거예요?"

"조금 됐어요. 그나저나 몸은 괜찮은 거예요?"

"네, 백작님이, 아니, 마탑주님이라고 불러야 하는 건가요?

아님 하인스 백작님이라 부를까요?"

"편한 대로 불러요."

부드러운 표정으로 고개를 끄덕여 주자 성녀는 희미한 미소를 짓는다.

"그럼 하인스님이라 부를게요. 괜찮죠?"

"그러세요."

또 한 번 고개를 끄덕여 주었다.

"하인스님."

"네."

"전에 저와 약속했던 거 기억해요?"

"약속이요?"

"네, 남아일언중천금이란 말까지 하면서 했던 약속이요."

"아, 그거요? 그럼요. 당연히 기억하죠."

현수가 흔쾌히 고개를 끄덕이자 성녀의 눈빛이 조금 더 선명해진다.

"그때 약속하기를 종자 개량 작업이 성공리에 끝나면 제 소원 하나를 들어주신다 했어요. 근데 종자 개량 작업은 성공한 건가요?"

"그럼요. 애초에 기대했던 것보다 훨씬 더 좋은 결과를 얻었으니 당연히 그렇지요."

최초의 기대치는 지구의 수확량의 두 배였다. 그런데 밀의 경우는 6.25배나 늘었다.

이 밖에 벼는 5.8배, 보리 2.7배, 콩과 녹두, 옥수수 5.5배, 팥 4.3배, 고구마 4.2배, 감자 4.1배, 커피 3.1배, 파인애플 3.0배, 바나나 2.8배가 최종 결과이다.

누가 봐도 종자 개량은 성공이다.

"그럼 제 소원을 말해도 되나요?"

"그럼요. 제가 할 수 있는 일이라면 무엇이든 기꺼이 들어드리겠습니다. 말씀만 하세요."

현수의 말은 이어지지 못했다.

"진짜 남아일언중천금인 거죠?"

"물론입니다. 말씀만 하시면 들어드릴게요."

"그럼 좋아요."

말을 시작하며 성녀는 자세를 바꾼다. 현수와 시선을 정면으로 맞추기 위함이다.

"저 하인스님의 세 번째 부인이 되고 싶어요. 이게 제 소원이에요."

"네? 뭐라고요?"

"부인이 두 분이라면서요. 열하나가 아니고. 그럼 열두 번째는 아니잖아요. 성군이 되어주세요."

"그건……!"

현수는 잠시 망설였다. 이때 신전에서 들었던 여신의 음성이 머릿속에서 재생되었다.

　너는 내가 간택한 내 딸의 배우자!

　선택받은 인간이여!

　누릴 수 있는 모든 복락을 누리며 살지니 내 딸을 잘 보살펴 내 뜻이 세상에 널리 퍼지도록 하라.

　나의 뜻에 따를 때 네 세상에도 나의 힘이 미치리라.

　카이로시아와 로잘린에게 부인을 더 이상 얻지 않겠다고 약속한 적은 없다. 처음엔 백작으로 알고 있었으니 관습상 다섯 명까지는 용인하려 했을 것이다.

　현수 본인은 이곳 아르센에 아무런 연고도 없다. 스승이라 할 수 있는 멀린은 이미 작고한 지 오래이다.

　이곳에 새로운 터전을 마련하고 씨를 뿌려 자손을 번창하게 하겠다는 생각은 없다.

　그저 사랑하는 여인들과 함께하고 싶은 마음뿐이다.

　너무 많으면 그렇기에 더 이상의 인연은 만들지 않아야겠다고 생각했다. 그런데 성녀가 그걸 깨기를 요구하는 중이다.

　게다가 가이아 여신이 대놓고 지목했다. 인간으로서 어찌 신의 뜻에 어긋나는 일을 할 수 있겠는가!

　"제가 싫으… 신 거예요? 얼굴이 못나서 그런가요, 아니면

제가 부족한 게 많아서 그래요? 네?'

성녀의 눈에 눈물이 그렁그렁하다. 또 거절당할 것이란 마음이 들어서일 것이다.

"…아뇨. 그럴 리가요? 좋아요. 그럴게요. 좋아요. 내 여자가 되어주세요."

"아아아!"

성녀가 나직한 감탄사를 토한다.

염원하던 바가 이루어지는 순간이니 웃어야 하건만 두 눈에서 눈물이 주르르 흘러내린다.

"그런데 이렇게 울보면 취소할지도 몰라요."

"흐흑! 흐흐흑! 고마워요. 고마워요. 흐흐흑!"

성녀의 교구가 품에 안겨온다.

어찌 안아주지 않을 수 있겠는가!

"흐흑! 흐흐흐흑! 무서웠어요. 또 거절당할까 봐. 저 이상하죠? 왜 자꾸 하인스님이 좋아지는지 모르겠어요. 좋아해요. 미치도록. 하인스님이 없으면 못살 거 같아요."

"……!"

현수는 대꾸 대신 부드럽게 토닥여 주었다.

'여기서도 셋이네. 내 팔자가?

현수의 어머니는 가톨릭 신자이다. 그렇기에 점 같은 걸 보지 않는다. 현수도 한때는 성당엘 다녔다.

그러다 대학에 입학하고 난 뒤론 학비를 버느라 가고 싶어
도 갈 수 없었다.

학창 시절, 학교 앞 카페에서 알바를 했다.

그때 카페 사장이 이벤트를 벌인 적이 있다. 어디선가 용한
점쟁이 하나를 데리고 온 것이다.

지금도 그러하지만 여자들은 점이라면 사족을 못 쓴다. 하
여 이벤트는 성황리에 끝났다.

점쟁이는 약속했던 보수를 받고 떠나면서 마지막으로 현
수의 이름과 사주를 물었다.

사주란 생년, 생월, 생일, 생시를 뜻하는 말이다.

이를 받아 풀어보고는 '초년 운은 곤고하나 풀려 나갈 것
이며, 재복이 넘쳐 평생 만금을 희롱한다' 고 하였다.

또 '중년엔 영화가 깃드는데 구변이 출중하여 도처에서 생
재하리라' 고 했다.

말발이 좋아 여기저기에서 돈을 번다는 뜻이다.

장사를 업을 삼으면 양적이 부럽지 않다고도 했다. 사업을
하면 떼돈 번다는 소리다.

그런데 천역성(天驛星)에 들었다고 한다. 쉽게 표현하자면
역마살이 들었다는 것과 비슷한 말이다.

하여 출입이 빈번하지만 상업에 유리하다 하였다.

어찌 보면 요즘 바삐 움직이는 게 이것 때문인 듯하다.

CHAPTER 10
신성력 어디서 난 거죠?

그때 말하길 '부부 간에 이별 수가 있으나 후에 반드시 상봉한다' 하였다. 그러고 보니 요즘 수시로 이별하는 중이다.

본인들은 모르지만 아르센 대륙에 있는 동안은 생이별 기간이나 마찬가지이다.

마지막으로 점쟁이는 '의식(衣食)이 풍족해지고 만사가 여의하도다' 라고 말하면서 '중첩하겠다' 는 말도 했다. 중첩(重妾)이란 여러 여인을 거느린다는 뜻이다.

이 밖에 많은 것을 이야기해 주었다. 그런데 그것들은 기억나지 않는다. 심심풀이로 들은 때문이다.

그러고 보니 점쟁이의 말이 틀린 데가 하나도 없다.

'중첩한다 했지? 아무래도 이게 내 팔자인가 보다. 휴우! 할 수 없지. 장가 못 간 노총각들에겐 미안한 얘기지만 어쩌겠어. 이게 내 팔잔데.'

현수가 이런 생각을 할 때 성녀의 말이 이어졌다.

"살면서 날 버리지 말아요."

"안 버려요. 걱정 말아요. 이제부턴 스테이시 아르웬은 내 여자니까 내가 챙길 거예요."

"고마워요. 고마워요."

진심으로 고마워하는 기색이 역력하다.

"그나저나 오래 굶었어요. 내가 음식을 좀 만들게요."

"네, 고마워요."

"아공간 오픈!"

성녀의 침실은 20피트짜리 컨테이너 하나를 꺼내놓고도 남을 만큼 넓고 높다. 그렇기에 취사용을 꺼냈다.

그리곤 빠른 솜씨로 죽을 끓였다. 송이버섯과 불고기를 넣은 김현수표 특제 죽이다.

"자, 다 되었습니다. 뜨거우니까 호호 불면서 먹어요."

"…고마워요. 근데 하인스님은 안 먹어요?"

"성녀님 다 먹으면 나도 먹을게요."

"…저… 앞으론 스테이시라고 불러주시면 안 돼요? 그리고 제게 말도 놓구요. 이제 곧 성군이 되시는데……."

"…그래, 그렇게. 자, 스테이시, 이거 먹어봐. 내가 특별히 만든 맛난 죽이야. 라이서 제국엔 없는 맛이라고. 자, 아!"

한 숟가락 뜬 죽에 대고 입김을 불어 식혔다.

그리곤 성녀의 입으로 가져가니 배고픈 제비새끼가 주둥이를 벌이듯 한다.

내심 웃겼지만 애써 참으며 죽을 먹었다.

"이제 배가 좀 불러?"

"네, 잘 먹었어요. 근데 이거 정말 맛있어요."

"나 따라가면 매일 먹을 수 있을 텐데."

"이실리프 자치령이요?"

진심이냐는 표정이다.

"이곳과 그곳을 필요할 때마다 오갈 수 있도록 텔레포트 마법진을 설치하면 돼."

"……!"

"성녀로서의 일을 할 땐 여기 있고 내 아내 역할을 하고 싶은 땐 그쪽에 있으면 돼."

"쳇! 그러다 내가 오로지 아내 역할만 하겠다고 하면 어쩌려고요?"

"그럼 거기다 신전을 지으면 되잖아. 가이아 여신님도 허락하실 거야."

"어머! 그러고 보니……."

성녀가 현수의 얼굴을 쓰다듬는다. 미약하게나마 빛이 뿜어지는 것을 느낀 것이다.

"이건… 신성력인데. 하인스님은 아직 나랑 합방한 것도 아니고 신관도 아닌데 어떻게 이럴 수 있죠?"

"아까 신전에 갔었는데……."

잠시 설명이 이어졌다.

"어머! 그럼 신탁이 내려온 거잖아요. 하인스님에게는 여신의 가호가 내린 거고요."

"그렇게 되는 거야?"

"네. 신탁도 처음이고, 여신께서 누군가에게 가호를 내리신 것도 처음이에요."

말은 이렇게 했지만 이는 사실과 다르다. 가이아 여신은 라이서 제국이 건국되기 전부터 존재했다.

그때에도 성녀가 있었는데 여러 번 신탁을 내렸다.

그리고 성세 확장을 위한 이적의 일종으로 누군가에게 가호를 내린 적도 있다. 이건 딱 한 번이다.

"그래서 신성력이란 게 생긴 건가 본데, 이건 대체 어떻게 쓰는 거야?"

"제가 종자들 축복하는 거 보셨죠? 그렇게 쓰시면 되요."

"그럼 내가 직접 축복할 수 있다는 거지?"

"네. 신성력이 저보다는 적지만 그래도 상당하니까 혼자서도 충분해요."

"종자의 양이 늘면 스테이시가 도와줄 거지?"

"그럼요. 얼마든지요. 전 이제부터 당신 여자예요."

"…그래, 내 여자! 이제 우린 가족이야."

"네, 당신의 가족이 되어 너무나 행복해요."

스르르 품에 안겨왔기에 어쩔 수 없이 안아주었다. 본인의 그늘에 안주하기로 마음먹은 여섯 번째 여인이기 때문이다.

* * *

성녀가 현수의 품에 안기는 순간, 다른 곳에선 여인 하나가 급박한 위기에 처해 있다.

"누, 누구냐?"

"크흐흐흐! 깨었나? 호오! 듣던 대로 쓸 만하군."

온통 검은색 어쌔신 복을 걸친 사내의 입에서 음흉한 웃음소리가 터져 나온다.

이곳은 미판테 왕국의 변방인 테세린에 위치한 이레나 상단 지부장 숙소이다.

어쌔신의 손에는 한눈에 보기에도 날카롭게 벼려진 소형 프람베르그(Flamberge)가 쥐어져 있다. 칼날이 물결치듯 구불

구불하여 찔리면 엄청난 통증을 느끼게 하는 물건이다.

"너, 너는 누구냐?"

카이로시아의 음성은 몹시 당황한 듯 떨리고 있다.

"크흐흐! 내가 누구냐고? 너를 천국으로 보내줄 어른이시지. 크흐흐흐!"

말을 하며 한 발짝 다가선다.

"바, 밖에 누구 없어요? 사람 살려요! 사람 살려!"

카이로시아가 큰 소리로 외쳤건만 어쌔신은 조금도 동요하지 않고 있다.

"그렇게 소리치면 누가 도와주러 올까? 크크크크!"

"뭐, 뭐예요? 대체 왜 이래요? 누가 보냈어요? 왜 나한테 왔어요? 말해봐요! 누구예요?"

상당히 많은 물음을 한꺼번에 던졌다.

하지만 사내는 대꾸해 줄 가치가 없다는 듯 카이로시아의 몸매를 감상하는 중이다.

오늘은 현수가 준 슬립 가운데 망사로 된 분홍색 섹시슬립을 걸치고 잠자리에 들었다. 하루 종일 격무에 시달리다 너무 피곤하여 다른 날보다 일찍 쉬려 했던 것이다.

얼마 지나지 않아 혼곤히 잠 속으로 스며들었다.

그런데 누군가 이불을 확 제쳤다. 화들짝 놀라서 깨어나니 시커먼 야행복을 걸친 어쌔신이 음흉한 시선으로 바라보고 있는 것이다.

"크흐흐!"

"왜, 왜 이래요?"

카이로시아는 허겁지겁 뒤로 물러났다. 하지만 이내 등에 벽이 닿는다.

유사시를 대비한 비상 탈출구가 없는 것은 아니다.

불행히도 그것의 입구를 어쌔신이 점하고 있다.

출입구로 나가는 방법도 있을 것이다. 그런데 평범한 여인이 어찌 어쌔신보다 빠르게 움직일 수 있겠는가!

그랬다가는 프람베르그같이 생긴 단도에 찔릴 것이다.

보기만 해도 엄청 아프게 생겼다. 그렇기에 벌벌 떨기만 할 뿐 어떻게 할 수가 없는 상황이다.

"크흐흐! 천국에 가기 전에 다른 천국도 구경하고 가야 하지 않겠어? 아직 시집도 못 갔다며. 크흐흐흐!"

어쌔신은 음흉한 미소를 지으며 옷을 벗는다.

카이로시아는 현재 얇은 슬립 안에 팬티와 브래지어뿐이다. 거의 다 벗은 것이나 다름없기에 야행복을 벗은 것이다.

어쌔신이 이토록 여유 만만한 이유는 이레나 상단 본부의 모든 이가 깊은 잠에 취해 있기 때문이다.

심지어 수문위병 발루네까지 쓰러져 자는 중이다.

저녁 식사에 넣은 수면제가 이런 결과를 빚어냈다.

어쨌거나 상의가 벗겨지자 사내의 근육질 몸이 드러난다.

무슨 짓을 하려는지 충분히 짐작된다.

카이로시아는 이러다 꼼짝없이 일 당한다 싶어 겁이 났지만 있는 힘을 다해 고함을 질렀다.

"밖에 아무도 없어요! 사람 살려요! 사람 살려!"

몇 번을 있는 힘껏 소리쳤지만 감감무소식이다. 모두들 곯아떨어진 때문이다.

오늘 이레나 상단 사람들이 먹은 음식에는 '오거의 꿈' 이라는 수면제가 들어 있었다.

다른 나라에선 '인큐버스[12]의 눈물' 이라고 한다.

인간보다 훨씬 덩치 큰 오거조차 한 방울만 먹으면 쓰러져 잘 정도로 강력한 수면 효과가 있는 것이다.

하여 이레나 상단 사람들은 내일 오후에나 깨어날 것이다. 이런 사항을 알고 있으니 어쌔신이 느긋한 것이다.

"겨울의 밤은 길지. 크흐흐, 천국 구경을 몇 번이나 할 수 있을지 모르지만 한 가지는 장담하지. 죽어서 갈 천국보다 훨씬 나을 거야."

어쌔신은 말을 하며 하의를 벗었다. 팬티라는 게 존재하지 않는 세상인지라 바지만 벗으면 곧장 알몸이다.

"으아아악! 저, 저리 가! 저, 저리 가란 말이야!"

---

12) 인큐버스(Incubus) : 여러 신화와 전설상에 등장하는 악마로서 잠들어 있는 사람, 특히 여성과 성교 행위를 하는 남자의 모습을 한 몽마(夢魔)를 지칭하는 말이다. 여성의 모습을 한 몽마는 서큐버스라고 부른다.

흉물을 덜렁거리며 다가서자 카이로시아는 필사적으로 도주하며 손에 집히는 모든 것을 집어 던졌다.

"크흐흐흐!"

어쌔신은 던지는 물체를 피하며 조금씩 거리를 좁혔다.

삐걱—! 후다닥!

어쌔신은 단숨에 제압할 마음이 없는 듯하다.

마치 고양이가 쥐를 가지고 놀 듯 천천히 다가서며 공포심만 가중시킬 뿐이다. 하여 침실을 벗어나 집무실까지 도망칠 수 있었다. 그러면서도 계속 소리를 질러댔다.

"저, 저리 가! 오지 마! 오지 말란 말이야!"

휙—! 와장창! 휙—! 우당탕!

"사람 살려! 사람 살려요! 거기 아무도 없어요?"

휙—! 와장창! 휙—! 우당탕!

계속 손에 집히는 진열품들을 던졌지만 거리가 벌어지진 않았다. 어쌔신은 음흉한 웃음을 지으며 다가설 뿐이다.

덜컥! 덜컥—!

집무실의 문을 열고 나가려는데 무엇인가 장치를 했는지 열리지 않는다.

왜 침실을 벗어나도록 내버려 두었는지 짐작이 간다.

"흐흑! 저리 가! 저리 가란 말이야!"

"크흐흐! 좋아, 좋아! 크흐흐흐!"

· 어쌔신은 계속해서 음흉한 웃음을 짓는다. 카이로시아가 도주하는 모습이 섹시하게 느껴진 때문이다.

"이잇! 저리 가란 말이야!"

휘익—! 와당탕탕.

비싼 진열품이 내동댕이쳐졌다. 요란한 소리를 내며 상자가 부서졌고, 내용물이 흩어졌다.

만드라고라였다. 하지만 둘 다 그것엔 관심이 없다.

"또 던져보지 그래? 오, 그래! 책상 위에 대거가 한 자루 있군. 그걸 집어. 그리고 던져봐."

어쌔신은 비아냥거리는 어투로 여유 있는 표정을 짓는다.

"대거? 아, 대거……!"

서둘러 책상으로 다가갔지만 어쌔신은 막지 않았다.

이제 책상 위의 물건만 다 던지면 본격적인 겁탈을 시작하려 마음먹은 때문이다.

"그래, 대거!"

후다닥 달려가 대거를 집어 든 카이로시아는 서둘러 검집을 벗겼다.

"그래, 던지라구! 크하하하!"

여자가 던지는 대거 따위엔 절대 당하지 않을 자신이 있기에 어쌔신은 큰 소리로 웃음을 터뜨린다.

이때 카이로시아는 두 손으로 대거를 잡고 외쳤다.

"체인 라이트닝!"

번쩍―! 번쩍―! 번쩍―!

콰직! 파지지지직!

"헉! 캐액!"

챙그랑―! 콰직―! 우당탕탕! 털썩―!

"……!"

"휴우~!"

먼저 대거로부터 눈부신 빛이 뿜어졌다.

곧이어 어쌔신의 입에서 비명이 터져 나왔고, 플람베르그가 바닥에 떨어지며 요란한 소리를 냈다.

다음 순간, 어쌔신은 통나무 쓰러지듯 자빠졌다.

그런데 하필이면 책상 모서리에 뒤통수가 찍혔다. 이때 책상이 기울면서 위에 있던 것들이 바닥으로 떨어졌다.

어쌔신이 쓰러진 위로 잉크며 갖가지 물건들이 쏟아진다. 그리곤 아무런 반응이 없었다.

카이로시아가 긴 한숨을 쉴 때 어쌔신의 뒤통수로부터 선혈이 배어나왔다.

카이로시아가 들고 있는 대거는 지금과 같은 상황을 대비하여 마법을 인챈트시킨 것이다.

똑같은 것을 로잘린도 가지고 있다.

샤프니스와 스트렝스, 그리고 하루에 세 번까지 체인 라이트닝 마법이 구현된다.

최소 일곱 명의 목숨을 앗을 체인 라이트닝이 한 몸에 부어지는 동안 어쌔신의 혼백은 육신을 떠났다.

이미 죽은 것이다.

그런데 뒤로 자빠지면서 책상 모서리에 뒤통수를 찍혀 두개골이 깨졌다. 이것만으로도 목숨을 잃었을 것이니 확인 사살된 셈이다.

카이로시아는 죽어 자빠진 어쌔신에게 다가가 발로 건드려 보았다. 혹시라도 깨어나면 안 되기에 여차하면 대거로 심장을 찌르려는 자세를 취했다.

움직임이 없다. 하여 엄청나게 두근거리는 가슴을 진정시키려 여러 번 심호흡을 했다.

"흐으음, 휴우우! 흐으음, 휴우우! 흐으음, 휴우우!"

3분쯤 지나자 심장박동 수가 서서히 줄어든다. 서둘러 옷을 갈아입었다. 그리곤 상단 내 숙소들을 돌아보았다.

다행히 죽은 사람은 하나도 없다. 모두 죽음처럼 깊은 잠에 취해 있을 뿐이다.

카이로시아는 대거를 손에 쥔 채 꼬박 밤을 새웠다. 그러는 동안 현수의 영상을 여러 번 떠올렸다.

대거를 주지 않았다면 오늘 정절을 잃고 목숨까지 잃었을 것이기 때문이다.

"이거 덕분이야. 아, 하인스님, 어서 오세요. 보고 싶어요."

대거를 쓰다듬으면서도 주변을 살폈다. 혹시 또 다른 어쌔신이 있지 않을까 하는 불안감 때문이다.

*   *   *

"자, 출발 준비 다 되었나?"

"네."

힘없이 대답한 녀석은 카엘이다. 판테온 후작으로부터 호된 꾸지람을 들어서 그런지 풀이 죽어 있다.

카엘의 뒤에는 대니얼을 비롯한 일곱 악당이 고개를 숙인 채 벌벌 떨고 있다. 이제 가려는 곳에 어떤 것이 기다리고 있을지 심히 우려되기 때문일 것이다.

현수의 바로 곁에는 성녀와 토리나 백작, 그리고 이냐시오가 있다. 아울러 론슨과 피터 등 80여 명도 있다.

론슨과 피터는 각각 헨리와 세실리아의 아비이다.

이들 일행은 수년 전 수도에 있던 공방에서 사라진 보석 세공 장인과 그 가족이다.

현수가 마을을 방문했을 땐 60여 명이었는데 그새 인원이 늘어 80여 명이나 되었다. 늘어난 20명 모두 공방에서 이들로부터 기술을 전수 받던 제자쯤 되는 인물들이다.

영지 개발을 위해 솜씨 좋은 사람이 많이 필요한 현수이다. 그렇기에 이주를 제안했다.

전에는 현수의 도움을 얻어 고블린과 트롤은 쫓아냈지만 얼마 후 오거가 한 번 더 들이닥쳤다.

다행히 지하에 마련해 놓은 토굴 속에 사흘이나 숨어 있어서 모두들 목숨을 구할 수 있었다.

사람 냄새를 맡고 왔던 오거는 먹이가 없자 분노하여 오두막을 거의 다 때려 부쉈다.

하여 어찌 사나 걱정하는 시기에 현수가 방문했다.

보자마자 몹시 반가워하면서 혹시 오거를 퇴치할 수 있겠느냐고 물었기에 빙그레 웃어주었다. 그리곤 신분을 밝혔다.

모두들 화들짝 놀라 자빠지려 했다.

너무나 어마어마한 신분이었기 때문이다. 성녀가 동행했기에 현수의 신분을 밝히는 것은 어렵지 않았다.

현수는 이실리프 자치령엔 몬스터가 없으며, 세공인이 많이 필요하니 같이 가자고 권했다. 론슨 일행은 더 생각할 것도 없다면서 데리고 가달라고 청했다.

그래서 이렇게 마법진 안에 서 있는 것이다.

헨리와 세실리아는 천방지축이던 모습이 사라졌다.

어른들 말씀이라면 자다가도 벌떡 일어날 정도로 변했다고 한다. 호된 처벌을 받아 그럴 것이다. 오냐오냐하면서 귀여워하기만 하면 안 된다는 반증이다.

"좋아, 모두 마법진 안에 들어서라. 신체의 일부가 진 밖으로 나가면 텔레포트 할 때 몸에서 분리되니 주의하도록."

"네."

"알겠습니다."

현수의 말에 대답한 사람은 성녀와 토리나 백작뿐이다. 나머진 겁먹은 표정으로 몸을 움츠렸을 뿐이다.

"좋아, 이제 간다. 매스 텔레포트!"

샤르르르르룽―!

마나가 주변을 감싸는가 싶더니 순식간에 모든 것이 스르르 사라진다.

"대단하군!"

감탄사를 뱉은 이는 황제이다.

현수는 어제 신전 근처에 텔레포트 마법진을 설치했다.

여러 개의 마나석이 소요되었지만 전량 혈운의 마탑에서 제공했다. 이걸 이용하면 이실리프 자치령까지 오갈 수 있다.

이레나 상단 창고엔 별도의 마법진이 만들어져 있다.

로이어 영주성 ↔ 라이셔 제국 수도 코린 ↔ 미판테 왕국 테세린 ↔ 카이엔 제국 수도 ↔ 이실리프 자치령을 원하는 대로 오갈 수 있는 마법진이다.

카이로시아가 자주 친정을 오갈 수 있도록 배려하려는 의도이다. 또한 이레나 상단의 상행을 돕기 위함이기도 하다.

이 마법진은 마나 결계진이 중첩되어 있어 텔레포트를 해도 마나유동이 외부로 드러나지 않게 되어 있다.

한 번에 이동할 수 있는 인원은 최대 열 명이다. 화물의 경우는 짐마차 다섯 대 분량까지 보낼 수 있다.

물론 방금 전처럼 현수가 직접 텔레포트 마법을 시전할 경우에는 300명도 가능하다.

황제와 세피아 황녀, 그리고 샨크스 왕궁에서 온 절세미녀는 현수 일행이 사라지는 모습을 보려 일부러 왔다.

뿐만이 아니라 수도의 많은 귀족이 텔레포트라는 희대의 마법을 구경하러 와 있다. 물론 혈운의 마탑주 홀리오 아렌드판 유세 후작과 마법사들도 와 있다.

모두 현수 일행이 연기처럼 사라진 현장을 보면서 눈만 껌벅이고 있다. 눈으로 봤으면서도 믿을 수 없었던 것이다.

이들 가운데 마법사들은 다른 이들과 달리 일제히 고개를 끄덕이고 있다. 뭔가 다른 것을 본 때문이다.

"세상에! 이실리프 마탑은 뭐가 달라도 확실히 다르군."

아렌드 후작이 나직이 중얼거리자 곁에 있는 부탑주 등도 고개를 끄덕인다.

"네, 확실히 다르군요. 이건 정말… 과연 이실리프 학파답습니다. 대단해요, 정말!"

마법이란 마나를 특정 규칙에 따라 배열함으로써 이루어진다. 이때 모든 마나가 마법 구현에 소모되는 것은 아니다.

다시 말해 마법에도 마나 효율이라는 것이 있다.

혈운의 마탑을 창건한 혈운의 마법사는 혈운학파를 만든 장본인이다. 이 학파의 마나 효율은 40%쯤 된다. 나머지 60%는 마법 구현에 쓰이지 못하고 허공으로 흩어진다.

방금 전 현수가 시전한 매스 텔레포트 같은 대단위 마법은 효율이 훨씬 떨어져 25%가 고작일 뿐이다.

75%는 그냥 소모되는 것이다.

소모된 마나가 흩어지는 것을 마나 유동이라 한다.

마법사들은 마나에 민감하기에 이걸 보고 마법이 구현되었음을 아는 것이다.

방금 전 현수가 시전한 매스 텔레포트 역시 마나 유동 현상이 빚어졌다. 그런데 그 양이 지극히 미미하다.

효율로 따지면 90% 이상이다. 다시 말해 불과 10% 정도만 마법에 쓰이지 못한 것이다.

멀린은 이마저도 불만이었지만 아렌드 후작과 다른 마법사들은 감탄을 금치 못했다.

그렇기에 일제히 고개를 끄덕인 것이다.

같은 시각, 현수 일행은 이실리프 자치령에 마련된 텔레포트 마법진 위에 나타나고 있다.

샤르르르르르릉—!

갑작스런 마나 유동과 동시에 일단의 무리가 나타나자 근처에 있던 드워프들이 일제히 시선을 보낸다.

"아! 마탑주님, 어서 오십시오."

드워프 중 누군가의 말에 모두의 고개가 숙여진다.

"모두들 수고가 많습니다."

현수가 한 바퀴 돌며 손을 흔들어주자 모두의 입에 미소가 걸린다.

"어서 오시게."

"네, 바쁘죠?"

빌모아 일족의 족장 나이즐 빌모아과 그의 아우인 유스페 빌모아와 케린도 빌모아가 근처에 있다 바쁘게 다가온다.

"당연히 바빠야 하지 않겠나? 마탑주 말대로 엄청 바쁘다네. 그런데 뒤쪽의 이들은 누구지?"

100명 가까이 되는 인원이 꿰다 놓은 보릿자루처럼 두리번거리고 있기에 물은 말이다.

"이쪽은 보석 세공에 솜씨가 괜찮은 장인들입니다."

론슨과 피터 일행은 작달막한 드워프들을 보고 화들짝 놀라는 중이다.

라이서 제국엔 단 하나도 없는 드워프들이 누가 뿌려놓은 것처럼 많았기 때문이다.

론슨과 피터는 알아주는 보석세공사이다.

제국의 수도 코린에선 장인 대접을 받는다.

하지만 드워프에 비하면 한참 부족할 것이라 생각하고 있다. 우연히 보게 된 드워프제 목걸이를 본 뒤이다.

자신들로서는 도저히 따라갈 수 없을 정도로 정교했기에 언제고 드워프를 만나게 되길 고대했다.

한 수 배울 수만 있다면 더없는 영광이라 생각한 것이다.

그런데 많다.

많아도 아주 많다.

"로, 론슨, 저, 저기 저분들, 전부 드, 드워프 맞지? 내가 잘못 보고 있는 거 아니지?"

"그, 그러게. 오! 맙소사! 이토록 많은 드워프라니! 피터, 나 한번 꼬집어줘. 이거 꿈 아니지?"

둘을 비롯한 나머지 장인들이 감탄하고 있을 때 현수와 나이즐의 대화가 이어지고 있다.

"아, 장인 좋지. 장인! 그렇지 않아도 우리 일손만으론 부족한 일이 많았는데 잘되었군."

나이즐은 시켜먹을 일이 많다는 듯 환히 웃는다. 이때 현수가 좋은 기분에 초를 친다.

"그런데 어쩌죠? 이분들에겐 제가 긴급하게 부탁할 일이 있는데요."

"긴급하게 부탁해? 우리가 아니고?"

"네, 금괴 제련이 더 필요해서요. 양이 제법 많습니다. 그러니 일족 중 제련에 솜씨 좋은 분으로 하여금 작업 과정을 가르쳐 주셨으면 합니다."

"끄응! 그렇지 않아도 일손이 부족한데……. 그래도 좋네. 자네 부탁이니 기꺼이 그렇게 하지. 대신 일손이 조금 더 많아야겠네. 할 일은 태산이고 사람은 너무 적은 상황이네."

"알겠습니다. 그렇게 하죠."

현수가 대답하던 그 순간 누군가 소리친다.

"적이다! 적이 쳐들어왔다!"

"……?"

이곳은 바세른 산맥 아래 자락으로 100% 테리안 왕국의 영토였다. 따라서 공격하려는 자는 테리안 왕국군 이외엔 있을 수 없다. 다른 나라의 병사들이 자국 영토를 침범하도록 놔두지 않을 것이기 때문이다.

"그럴 리가 없는데……. 흐음!"

본인이 이실리프 마탑주라는 걸 알면서 공격할 정도로 테리안은 멍청하지 않다. 오히려 우호관계를 갖게 된 것을 지극히 영광스럽게 생각하며 반색했다.

하여 고개를 갸웃거리며 소리가 난 쪽으로 이동했다.

멀지 않은 곳에 병사들이 기치창검[13]을 들고 다가오는 모습이 보인다.

"멈추시오!"

외곽 경비를 맡은 누군가가 소리치자 다가오던 이들의 선두에 있던 자가 손을 들어 일행을 멈춘다.

"누군지 신분을 밝히고 왜 왔는지 용무를 알려주시오!"

상대가 기사 복장인지라 정중한 물음이다.

"나는 테리안 왕국의 자하드 에리안 드 폰셔트 자작이다! 국왕 폐하의 명령을 받아 하인스 마탑주님께 노예들을 인계하러 왔으니 서둘러 전갈하라!"

"네?"

"마탑주님의 노예 오천을 인솔해 왔다. 인계해야 하니 마탑주님께 말씀을 전하라."

"아, 알겠습니다. 잠, 잠시만 기다려 주십시오."

현수는 누군가 헐레벌떡 다가오는 것을 보았다. 하켄 공작 군에 속해 있던 자이다.

"헉헉! 헉헉! 아……!"

다가오던 자 역시 현수를 발견하곤 황급히 다가선다.

---

13) 기치창검(旗幟槍劍) : 陣中(진중)에서 쓰는 깃발, 창, 칼 따위를 통틀어 이르는 말. 旗幟劍戟(기치검극). 旗幟軍物(기치군물).

CHAPTER 11
영지를 찾는 손님들

"보고 드립니다. 테리안 왕국의 자하드 에리안 드 폰셔크 자작이 노예 오천을 인솔해 왔다고 합니다."

"들게 하게."

"네, 명령 받들어 모십니다."

병사가 다시 뛰어갈 때 나이즐이 묻는다.

"노예 오천이라니? 새로운 일손인가?"

"네. 제가 전에 그랬잖아요. 곧 일손이 늘어날 거라고요."

"흐흐흐! 나야 좋지. 오천이라……. 전부 사내들인가?"

"네. 사지 멀쩡하고 힘 좋은 젊은 사내로만 오천입니다."

"흐흐흐! 좋구만, 좋아!"

나이즐은 대놓고 시시덕거렸다.

부려먹을 일손이 많아짐은 세기의 예술품이 될 이실리프 자치령의 모든 건물이 일찍 완공됨을 의미하기 때문이다.

본인과 일족의 손으로 일구는 중이지만 하루라도 빨리 완성된 모습을 보고 싶었다.

현수가 태블릿PC로 보여준 것보다 더 웅장하고, 더 화려하며, 더 정교하고, 더 아름다운 예술품을 만들 꿈에 부풀어 있는 것이다.

나이즐이 이런 생각을 하는 이유는 지구의 건축 공법에 대해 어느 정도 개안을 한 때문이다. 참고하라며 준 태블릿PC엔 여러 건축물의 도면도 다수 저장되어 있었던 것이다.

"위대하신 마탑주님을 뵙게 되어 무한한 영광이옵니다. 테리안 왕국의 자하드 에리안 드 폰셔트 자작이옵니다."

"먼 길 오느라 애썼네."

"마탑주님을 위한 일이었습니다. 아무리 힘들어도 견딜 수 있었습니다."

자작의 말은 사실이다. 오천이나 되는 노예, 이들은 과거 브론테 왕국의 기사와 병사들이었던 자들이다.

이들을 호송하는 임무를 맡은 자작은 일만에 이르는 병사를 동원했다. 하나라도 도주하면 안 될 것이기 때문이다.

결국 일만 오천에 이르는 대규모 행렬이 되었다.

오는 내내 잠자리와 식량 등으로 많은 고초를 겪었다.

몬스터들과도 여러 번 조우했지만 워낙 인원이 많아 그건 문제도 아니라 여길 정도였다.

"고생 많았네. 고맙네."

"별말씀을 다 하십니다. 마탑주님을 위해 일할 수 있어서 영광이었습니다. 감사합니다."

부동자세로 보고하는 자작을 본 현수는 빙그레 웃었다.

"자자, 일단 노예 인수부터 하지."

"네, 지금 즉시 시작하겠습니다."

노예 인수는 나이즐 빌모아가 맡았다. 직접적으로 일을 지시할 존재이기 때문이다. 물론 현수가 곁에 있었다.

성녀, 이냐시오, 토리나 백작도 함께 있었다.

"백작 드리튼, 이실리프 마탑주님께 보고드립니다. 저를 포함한 총원 5,489명 무사히 당도하였습니다."

오는 동안 패잔병들이 더 수습된 모양이다.

기사의 예를 갖춘 브론테 왕국의 드리튼 백작의 보고를 받은 현수는 도열해 있는 전직 기사 및 병사들을 둘러보았다. 상당히 많은 숫자이다. 이들은 브론테 왕국군 복장이라 테리안 왕국군과는 확연히 구분되었다.

"오느라 수고가 많았다. 너희는 이곳에서 노예로서 지내게 될 것이다. 너희 모두는 여기 있는 나이즐 빌모아 족장님의 지시를 받는다. 성실히 임해주길 바란다. 이상!"

"전체, 차렷! 마탑주님께 대하여 군례!"

"충—!"

오천여 명이 내뱉는 소리는 땅을 진동시킬 정도로 컸다. 모두들 하던 일을 멈추고 돌아볼 정도이다.

"드리튼 백작!"

"네, 마탑주님!"

"약속대로 브론테로부터 온 노예들에 대한 지휘권을 자네에게 준다. 잘 통솔하여 문제가 발생되지 않도록 하라."

"마탑주님의 금언, 가슴 깊이 새기겠습니다. 충—!"

브론테 왕국의 귀족인 드리튼 백작이 이런 태도를 보이는 것엔 이유가 있다.

브론테 왕국은 본시 다른 국가와 다를 바 없는 나라였다. 상공업이 발달하여 살기 괜찮은 나라이기도 했다.

그러다 흑마법사들에 의해 권력이 장악되었다.

카이로시아는 이때 미판테 지부로 자리를 옮겼다. 그와 동시에 이레나 상단 브론테 지부는 전격 철수되었다.

흑마법사들과의 거래는 대륙 전체를 적으로 돌리는 일이 될 수도 있기 때문이다.

드리튼 백작은 국왕의 명에 따라 테리안 왕국과의 전쟁에 나섰다. 하지만 마땅치 않았다. 흑마법사들의 야욕을 이뤄주기 위해 애꿎은 병사들이 죽는 것이 싫었기 때문이다.

게다가 전사한 병사들의 시신을 좀비와 구울로 바꿔 다시 투입하는 것은 정말 견디기 힘들었다.

그렇기에 직접적인 전투엔 가담하지 않고 뒤쪽으로 물러나 있었다. 그러다 현수에게 생포되어 끌려온 것이다.

그때 현수와 대화한 바 있다. 현수는 백작의 성품을 파악해 본 결과 선량하다고 판단 내렸다. 흑마법사들의 농간에 의해 전장까지 오기는 했지만 타국의 영토를 무단 침범하는 것에 대한 죄책감을 느끼고 있었던 것이다.

어쨌거나 병사들 대부분 드리튼 백작의 영지병이다.

테리안 왕국과의 전쟁에 동원되었기에 노예라는 이름으로 끌려가겠지만 일정 기간 성실히 일해주면 신분을 회복시켜 준다고 했다.

그리고 가족들이 온다면 모두 받아들이겠다고 하였다. 물론 흑마법사와 관련된 자들은 예외이다.

마지막으로 현재의 신분을 인정하여 노예들에 대한 지휘권을 보장한다는 것이다.

드리튼 백작으로선 손해 볼 일이 아니다.

게다가 흑마법사들의 농간을 더 이상 따르지 않아도 된다는 것이 마음을 편하게 했다.

하여 테리안 왕국군에 의해 이곳까지 압송되기 전에 전령으로 하여금 자국으로 가서 소식을 전하게 했다.

첫째는 이실리프 마탑으로 끌려감을 알리는 것이다.

흑마법사들은 세상에 존재해선 안 될 절대 악이라는 것이 현수의 판단이다.

일부러 도발하여 한꺼번에 제거하려는 목적이다.

둘째는 압송되는 기사와 병사들의 가족으로 하여금 은밀히 탈출하여 이곳으로 오라는 소식을 전하기 위함이다.

남자들만 우글거리면 문제가 발생되기 때문이고, 가족 간의 생이별을 원치 않기 때문이다. 그리고 이실리프 영지엔 영지민이 필요하기 때문이기도 하다.

"드리튼, 이분은 빌모아 일족의 족장 나이즐 빌모아네. 앞으로 이분의 지시를 받아 작업에 임하게."

"명대로 하겠습니다."

드리튼 백작이 고개를 끄덕이자 나이즐이 한 발짝 나선다.

"먼저 노예 중 손재주가 좋은 자들을 따로 추려주게."

"알겠습니다. 즉시 시행하겠습니다."

절도 있는 자세로 대답한 드리튼이 병사들에게로 향한다.

"저들에게 거처부터 마련해 주십시오."

날씨가 점점 더 매서워진다. 따라서 노숙할 수 없는 상황이기에 한 말이다.

나이즐은 무슨 소리냐는 표정으로 바라본다.

"에구, 없는 집을 어떻게 당장 마련하겠는가? 컨테이너라는 거 있으면 더 내놓으시게. 그거 아주 좋더군."

"…그러죠."

잠시 후, 컨테이너 210개를 숲 사이에 내놓았다.

각각의 컨테이너에는 공간 확장 마법진이 인챈트되어 30명씩 기거하는 임시 숙소가 된다.

이것들 모두 항온 마법진이 부착되어 아무리 거센 추위가 닥쳐도 결코 춥지 않도록 했다.

5,489명이니 182개만 있어도 되는데 숫자가 많은 까닭은 드리튼과 같은 귀족 출신들을 대우하기 위함이다.

백작의 휘하엔 자작 두 명과 남작 네 명이 있다.

드리튼에게 하나, 자작 두 명에게 하나, 그리고 남작 네 명에게 하나의 컨테이너가 배정된다.

그래도 25개가 남는다.

이 중 15개는 단체 식당으로 사용될 예정이다. 혹한의 추위 속에서 식사하라고 할 수는 없기 때문이다.

열 개의 컨테이너엔 갖가지 식재료가 담긴다.

그 속으로 백두마트에서 털어온 온갖 식품이 쏟아져 들어갔다. 그중 가장 많은 건 라면이다.

라면이 많은 이유는 조리가 간단한 때문만은 아니다.

적당한 영양분이 있으며, 뜨거운 국물로 추위 속에서 일하는 속을 달래라는 뜻이다.

갖가지 그릇과 휴대용 가스레인지도 있는 대로 꺼내놓았다. 숟가락과 젓가락, 그리고 포크와 나이프도 내놓았다.

당연히 나이즐을 비롯한 드워프들이 관심을 보인다. 한 번도 보지 못한 기물이니 그럴 것이다.

어쨌거나 이실리프 자치령은 왕국이 아니다.

따라서 공작이니 백작이니 하는 작위를 줄 수 없다. 하여 드리튼은 임시 총관으로, 휘하 자작과 남작은 임시 지배인으로 임명되어 병사들을 지휘하게 될 것이다.

먼저 와서 열심히 작업 중인 9,600여 하켄 공작의 병사들이 있다. 이들 중 가장 계급이 높았던 자는 현재 임시 총관으로 불린다. 그의 휘하에도 십여 명의 임시 지배인이 있다.

이제 나이즐 빌모아에겐 15,000명이란 일손이 있다. 드워프 하나당 열 명 정도 인원이 배치될 수 있다.

"이제 일손은 안 부족하겠지요?"

"어느 정도는……."

나이즐 빌모아는 고개를 끄덕이며 즐거워한다.

"참, 농기구를 조금 더 가져왔습니다."

"오! 그런가? 다행이네. 어서 내놓으시게."

"아공간 오픈!"

현수는 아공간에 담겨 있던 각종 농기구를 꺼내놓았다. 가이아 신전 농장 및 리아 농장에 꺼내놓고 남은 것이다.

농기구들이 수북하게 쌓이고, 리어카와 일륜차도 상당히 많이 꺼내놓았다.

작업 강도는 낮춰주고 속도는 빠르게 해줄 것이다.

보도블록도 모두 꺼내놓았다. 그리곤 어떻게 시공하는지를 찬찬히 알려주었다. 길이 먼저라는 현수의 말에 나이즐 빌모아가 고개를 끄덕인다.

곁에서 이런 장면을 지켜보던 론슨과 피터 등은 눈이 왕방울만 해졌다.

끝도 없이 쏟아져 나오는 온갖 기물에 대경실색한 것이다.

이들에게도 컨테이너가 배정되었다.

노예가 아닌지라 두 가구가 하나씩 쓰도록 했다. 가운데를 칸막이로 막아 쓰면 된다. 식량과 그릇 등도 배분되었다. 일찍이 백두마트를 털지 않았다면 큰일 날 뻔했다.

모든 작업이 끝났을 때 이들은 케린도 빌모아의 지휘를 받는 것으로 결정되었다. 금괴 제련에 가장 솜씨 좋은 드워프가 바로 케린도 빌모아였던 것이다.

"꺼내놓을 금은 다 녹여서 다시 만들어줘야 합니다."

"걱정 마시고 꺼내놓기나 하시게."

케린도 빌모아는 자신만만한 어투다. 드워프 중에서도 가장 솜씨가 좋으니 이럴 만도 하다.

"참! 이번 것엔 불순물이 섞여 있을 수 있습니다."

"충분히 주의하겠네. 걱정 마시게."

"좋습니다. 그럼 꺼냅니다."

말을 마친 현수가 아공간에서 금괴를 꺼내놓기 시작하자 모두들 입을 딱 벌린다.

많아도 너무 많았기 때문이다.

포트녹스 8,350톤, 연방준비은행 8,000톤, 그리고 지나 공상은행의 20개 지점 금괴보관소에 있던 2,300여 톤, 피터 로스차일드에게 팔려갔던 금괴 등을 다 꺼냈다.

다 꺼내놓고 나니 20,000톤 정도 된다.

현재의 가치로 9,000억 달러, 1,080조 원어치이다.

어마어마한 양이다. 너무 많아서 황금빛 보도블록을 꺼내놓은 것 같다.

"허억! 이, 이게 다 황금이란 말인가?"

급기야 케린도 빌모아의 입에서 경악성이 터져 나온다.

"네, 황금 맞습니다. 작업은 최대할 빨리 해주십시오. 이게 다 끝나면 더 꺼내놓을 거니까요."

"끄으응!"

금괴 제련은 쉬운 작업이 아니다. 순도가 99.99%가 되도록 하려면 보통의 세심함으론 어림도 없다.

그렇기에 케린도 빌모아가 낮은 침음을 냈다.

한편 론슨과 피터 등은 멍한 시선으로 황금빛 번쩍이는 작은 동산을 바라보고 있다.

살면서 이렇게 많은 황금은 처음 보기 때문이다.

그러거나 말거나 현수의 지시는 이어졌다.

금괴의 겉면엔 순도 표시와 더불어 이실리프 그룹의 로고를 넣도록 했다. 아울러 10자리 식별 번호도 넣도록 했다.

아라비아 숫자를 모르기에 가르쳐 줬다.

15,000톤은 10kg짜리로, 나머지 5,000톤은 5kg짜리로 제작하도록 했다. 이것들은 공식적으론 콩고민주공화국 이실리프 금광에서 생산된 것으로 알려질 것이다.

"다시 말씀드리지만 최대한 빨리 작업해 주십시오."

"아, 알겠네. 최선을 다하지. 그나저나 너무 많아서……."

일 무서운 줄 모른다는 드워프가 걱정스런 표정이다. 금괴가 너무 많아서 언제 다 하나 하는 마음이 든 것이다.

일련의 작업이 진행되는 동안 드리튼 백작은 병사 중 솜씨 좋은 자들만 따로 추렸다. 이들은 나이즐에게 보내졌고, 나머지 인원은 컨테이너 배정 작업이 진행되었다.

한참 작업 지시를 하고 있는데 누군가 다가왔다.

"저어, 마탑주님!"

"…왜죠?"

"누가 찾아왔습니다."

"찾아와요? 누가요?"

"테리안 왕국의 마법사님과 기사님들, 그리고 미판테 왕국의 기사님들과 마법사님들이 찾아왔습니다."

"…알았네. 곧 가지."

보고를 듣는 순간 까먹고 있던 존재가 생각났다.

카이엔 제국의 수도에 있을 전장의 학살자 토마스와 똥치기 대장 란돌프, 그리고 그 일행이다.

언제 데려가나 하며 여관에 묵고 있을 것이다.

'여기 일 끝나면 바로 갔다 와야겠군. 그나저나 테리안 왕국과 미판테 왕국의 기사와 마법사들은 왜 온 거지?'

이런저런 생각을 하며 영지 경계까지 다가갔다. 허락이 떨어지지 않아 아직은 발을 들여놓지 못한 것이다.

"위대하신 이실리프 마탑주님께서 오십니다!"

누군가의 외침이다.

"추웅—!"

"추우웅—!"

쿠쿵, 쿠쿠쿠쿠쿠쿠쿠쿠쿵!

"위대하신 그랜드 마스터님을 알현하옵니다!"

"하늘 위의 존재 위대한 마탑주님을 뵙습니다!"

"그랜드 마스터님을 뵙게 되어 일생의 광영이옵니다!"

"흠모하는 매지션 로드시여, 저를 받아주십시오!"

모두들 한마디씩 하느라 잠시 시끄러웠다. 그러나 그 시간은 그리 길지 않았다.

마치 약속이라도 한 듯 금방 정적이 찾아든다.

현수는 사람들의 면면을 살펴보았다.

기사들은 한 무릎을 땅에 댄 채 오른 주먹을 왼 가슴에 댄 자세를 취하고 있다. 마법사들은 머리에 쓴 로브를 벗고 공손히 무릎을 꿇고 있다.

제법 인원이 많았기에 잠시 긴장된 순간이 흘렀다.

"어찌 된 영문으로 날 찾았는지 누가 말해주겠는가?"

말 떨어지기가 무섭게 몇몇이 자리에서 일어선다.

"추웅! 저는 테리안 왕국 스미스 백작이옵니다. 기사들을 대표하여 한 말씀 드리겠나이다."

"충—! 미판테 왕국의 후작 로윈입니다. 저는 아국의 마법사들을 대표합니다."

"충성! 미판테 왕국의 가가린 백작, 기사들을 대표합니다."

"추웅—! 스멀던 후작이옵니다. 테리안 왕국의 마법사들을 대표하여 말씀드리겠습니다."

나머지는 여전히 기사의 예를 표하고 있거나 마법사가 매지션 로드를 알현하는 자세를 취하고 있다.

"좋아, 테리안의 스멀던 후작부터 이야기해 보게."

이 땅이 테리안 왕국으로부터 할양된 것인지라 먼저 지목한 것이다.

"감사하옵니다, 로드! 저와 테리안 왕국의 마법사들은 이실리프 마탑의 탑주이시자 매지션 로드이신 위대한 존재를 위하여 봉사하고자 이곳을 찾았사옵니다."

"흐음! 그런가?"

"네! 부디 저희를 내치지 마시고 받아들이시어 이실리프 자치령이 한시바삐 완성되기를 바라 마지않나이다."

후작이면 매우 높은 작위이다. 아마도 테리안 왕국 권력 서열 10위 내에 들 것이다.

그럼에도 무척이나 조심스럽고 겸손하다.

현수는 고개를 끄덕여 주고 로윈을 바라보았다.

"자네들의 뜻을 고맙게 받아들이지. 미판테 왕국의 로윈 후작과 마법사들은 어떤 뜻으로 이곳을 찾았는가?"

"저희들도 이실리프 자치령을 위해 뼈를 묻을 생각으로 왔사옵니다. 저희 또한 받아들여 주시오소서."

현수는 이들의 진실된 의도를 꿰뚫었다.

그럼에도 표내지 않고 테리안 왕국의 기사를 대표한 스미스 백작에게 시선을 주었다.

"알겠다. 스미스 백작, 그대와 기사들의 뜻을 말하라."

"감사하옵니다. 저희들 역시 이실리프 자치령의 일원이 되고자 찾아왔사옵니다. 다른 뜻은 없으니 저희 또한 받아들여 주시옵소서."

스미스 백작에게 가볍게 고개를 끄덕여 주고는 가가린 백작에게 물었다.

"가가린 백작, 그대들 또한 테리안 왕국의 기사들처럼 이실리프 자치령을 위하는 순수한 마음으로 왔는가?"

"물론입니다. 받아들여 주시기만 하면 견마지로를 다하여 이실리프 자치령의 발달에 기여하고 싶사옵니다. 추웅―!"

가가린 백작이 믿어달라는 뜻으로 다시 한 번 기사의 예를 취한다.

현수는 모두에게 시선을 주었다.

테리안 왕국에선 마법사 203명, 기사 167명이 왔다.

미판테 왕국은 마법사 224명, 기사 188명이다.

보아하니 각국 전력 중 최상위에 해당하는 자들인 듯싶다. 그렇다면 각국의 전력에 큰 공백이 생겼을 것이다.

자신을 바라보는 시선에서 느껴지는 열정의 빛을 읽은 현수는 가볍게 고개를 끄덕이곤 입을 열었다.

"그대들의 가상한 뜻을 받아들여 전원을 받아들인다."

말을 하며 일부러 마나 개방을 하였다. 내심 의도하는 바가 있기 때문이다.

"우와아아아아! 이런 엄청난 마나라니!"

"헉! 세상에 맙소사! 마나가 엄청나!"

"만세, 만세, 만세! 매지션 로드 만세! 만세!"

"우와아! 그랜드 마스터님이시다!"

모두 아이들처럼 환호성을 지른다. 이때 현수가 오른손을 치켜들자 일제히 입을 다문다.

"너희는 이실리프 자치령의 발전을 위해 자발적으로 이곳을 찾았다. 그 점 기특하여 기사에겐 검법을, 마법사에겐 마법을 가르쳐 줄 것이다."

"와아아아아아! 만세, 만세, 만세!"

또 한 번 환호성이 터진다. 이들이 이곳까지 온 이유가 바로 이것이기 때문이다.

"하지만 지금 당장은 아니다!"

현수의 말이 떨어지자 장내는 곧 고요해진다.

"보다시피 이실리프 자치령은 겨우 개발단계에 놓여 있다. 15,000명에 이르는 인원과 1,500명 가까이 되는 드워프들이 힘을 합쳐 이루고자 애를 쓰지만 아직 요원한 일이다."

"……!"

"기사와 마법사들을 조련해 내기 위한 아카데미가 지어질 예정이다. 아울러 더 많은 지식을 주기 위한 도서관도 만들어질 것이다. 당연히 무척이나 큰 공사이다. 하지만 이곳은 지금 아무런 여건도 갖춰져 있지 않다."

현수가 잠시 말을 끊자 어서 말을 이으라는 듯 모두의 시선이 쏠린다.

"기사들은 영지 외곽의 순찰을 맡으라. 마법사들은 공사의 편의를 위해 많은 도움을 주기를 바란다."

"당연하신 말씀이옵니다. 저희를 믿어주시옵소서."

스미스 백작이 가장 먼저 입을 열어 대답하였다.

"고맙다. 이실리프 자치령의 기초가 어느 정도 닦인 순간부터 너희가 원하는 바가 시작될 것이다. 참여하겠는가?"

"물론입니다, 로드!"

"당연하신 말씀이옵니다. 마스터!"

"저희를 도구로 써주십시오."

"온 힘을 다해 돕겠습니다."

"죽을힘을 다하겠나이다."

……

또 잠시의 소란이 이어졌다. 결국 현수가 또 한 번 손을 들고서야 웅성거림이 멈춰졌다.

"시간이 되면 이곳과 미판테 왕국의 수도, 그리고 테리안 왕국의 수도를 잇는 텔레포트 마법진을 설치해 줄 것이다. 그러니 마음 편히 머물러도 될 것이다."

국어 수업 시간에 '행간의 의미'라는 말을 종종 듣는다.

이 말은 직접적으로 표현하지는 않았음에도 느껴지는 것이 있음을 뜻한다.

현수가 방금 한 말은 언제든 미판테 왕국이나 테리안 왕국에 위기가 닥치면 곧바로 돌아갈 수 있다는 뜻이다.

다시 말해 마음 편히 이곳에 머물며 온 힘을 다해 도우라는 뜻도 내포되어 있다.

이들을 위한 임시 숙소 역시 항온 마법진과 공간 확장 마법이 인챈트된 컨테이너이다.

인원수에 따라 테리안 왕국엔 열세 개, 미판테 왕국엔 열네 개를 배정해 주었다. 각각의 왕국엔 네 개가 추가로 배정되었다.

두 개는 식품 창고이고 나머지 두 개는 식당이다.

이것들 역시 공간 확장 마법과 항온 마법진이 부착되었다. 식품 창고엔 당연히 보존 마법진이 추가되었다.

일련의 작업을 마칠 즈음 이냐시오가 다가왔다.

"고모부, 손님이 오셨어요."

"손님? 또 손님이 왔다고? 이번엔 누구지?"

"숲의 일족 중 장로라 했습니다."

"숲의 일족? 그럼 엘프란 말이냐?"

"네, 인간과 달리 귀가 뾰족했습니다."

"알았다. 어디에 계시느냐?"

엘프의 수명은 대략 1,000년 정도 된다. 장로라 함은 최소 500년 이상 살았을 것이기에 높임말을 쓴 것이다.

"저 숲 속에 계십니다. 저를 따라오세요."

이냐시오는 겁도 없이 바세른 산맥 안쪽으로 걸음을 옮긴다. 작업장으로부터 멀리 떨어져 웬만한 소리는 들리지 않을 정도로 먼 곳이다.

"이냐시오, 언제 여기까지 왔었단 말이야?"

"드워프들이 말하길 이실리프 자치령엔 몬스터가 없다 하여 경치 구경하려 왔어요. 고모부는 많이 바쁘셨잖아요."

"그래도 겁이 없구나. 매사에 조심해야지."

"네, 앞으론 조심할게요. 근데 고모부, 엘프가 왜 왔을까요? 세상에 나타나지 않은 지 꽤 되었다고 들었는데요."

"글쎄? 그거야 나도 모르지. 근데 아직 멀었니?"

"여기서 한 20분쯤 더 가면 되요."

"……!"

길도 없는 울창한 숲 속에 대체 뭐 볼 게 있다고 뒤지고 다녔는지 의아하다. 하지만 이내 고개를 끄덕였다.

이냐시오 나이 때는 호기심이 왕성하기 때문이다.

뒤를 따르는 동안 이런저런 생각을 했다.

오늘 온 마법사만 427명이다.

6서클 1명, 5서클 3명이다. 4서클은 261명이고 3서클 162명
이다. 이 정도면 제법 쓸 만한 전력이 된다. 각기 1서클씩만
올라간다면 웬만한 제국의 마법병단을 능가한다.

아까 마나 개방을 한 이유는 이들로부터 가슴에서 우러나
는 절대 충성을 받기 위함이다.

매지션 로드이니 대륙의 모든 마법사가 명에 따른다. 안 그
러면 마법사로서의 삶이 끝나기 때문이다.

그것과는 질이 다른 충성을 받아야 한다. 이실리프 마법을
아무에게나 가르칠 수가 없기 때문이다.

어쨌거나 이실리프 마법은 고효율이다. 이를 좋은 의미로
쓰기만 하면 세상은 살 만해질 것이다.

오늘 이실리프 자치령에 당도한 마법사들은 뭔가를 배우
고자 하는 열망이 있어 현실에 안주하지 않고 자리를 박찬 사
람들이다.

개중엔 후작이나 백작위를 포기하고 온 이도 있다.

현수는 이들 모두 이실리프 마탑의 마법사로 만들어볼 생
각이다. 이들은 권하지 않았음에도 제 발로 왔다. 기특해서라
도 상을 줘야 한다.

첫째는 대규모 마나 집적진이다. 그 안에서 수련하면 전에
비해 한결 마나 모으기가 쉬워질 것이다.

둘째는 각 서클별 마법서 공개이다. 깨달음이 필요하다면

기꺼이 힌트를 줄 생각이다.

물론 이건 조금 더 미래에 있을 일이다.

이실리프 마탑의 일원이 될 품성이 갖춰졌는지를 먼저 가늠해 봐야 하기 때문이다.

그러는 동안 이들에겐 중요한 일이 맡겨진다.

첫째는 항온 마법진에 마나석을 박는 일이다. 일일이 수작업으로 할 일은 아니다. 워낙 수량이 많기 때문이다.

퍼펙트 카피 마법으로 항온 마법진을 복사할 수 있었다.

따라서 마나석이 박혀들게 하는 마법을 만드는 것도 불가능한 것은 아닐 것이다.

좋은 머리로 만들려고 노력하면 결국엔 될 것이다.

둘째는 지구에서 사용될 각종 엔진에 마법진을 부착하는 작업이다. 아공간에 담아와 이곳에서 손을 본 뒤 다시 지구로 가져가면 될 일이다.

소문을 듣고 점점 더 많은 마법사가 몰려올 것이니 일손 걱정은 덜어도 될 듯하다.

"뭐 그래도 사람이 많으니 한번 해볼 만하겠어."

CHAPTER 12
그걸 준 이유를 아시나요?

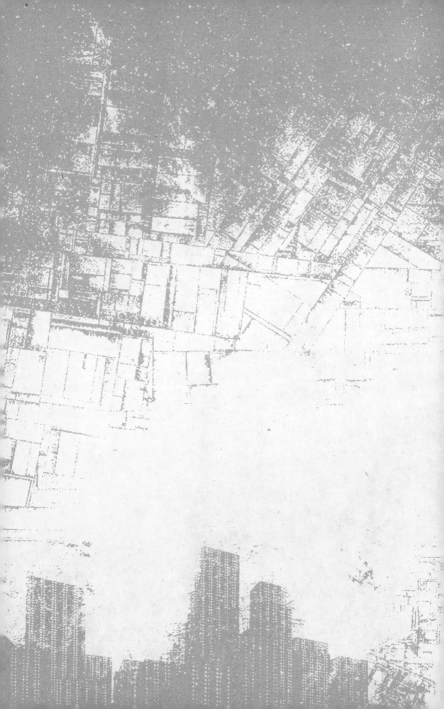

"네? 뭐라고요?"

"아니다. 나 혼자 중얼거린 거야. 그나저나 오늘 수련은 언제 할 거니? 하루라도 빼먹으면 안 된다."

"네. 하루도 안 빼먹고 매일매일 할 거예요. 고모부 안내만 하고 곧바로 돌아가서 할게요."

이냐시오는 현수를 존경함과 동시에 두려워한다.

수많은 기사와 마법사들이 어찌 대하는지를 보고 깨달은 바가 있기 때문이다.

그렇기에 매일 수련하라는 말을 거역치 못하는 것이다.

"저기예요. 저 나무 아래에 있었어요. 저는 돌아가서 수련을 할게요."

"그래, 조심해서 가거라."

"네, 걱정 마세요."

이냐시오는 날랜 사슴처럼 요리조리 달리며 숲을 빠져나간다. 얼마 되지 않았건만 수련의 효과가 있는 모양이다.

이냐시오가 지목한 커다란 나무 근처에 당도하자 자연과 동화된 복장을 걸친 여인 하나가 얼굴을 내민다.

신장은 175㎝, 40대 초반으로 보이는 여인이다.

"안녕하십니까? 저를 찾으셨다 들었습니다."

겉보기엔 40대이지만 실제 나이는 500살이 넘었을 것이기에 고개 숙여 예를 갖췄다.

현수와 시선이 마주치자 엘프 여인의 입에서 나직한 탄성이 터져 나온다.

"아!"

잠시 현수를 바라보던 여인 역시 고개 숙여 예를 표한다.

"숲의 일족 후렌지아입니다. 한데 님에게서 숲의 가호가 느껴집니다."

후렌지아는 의아하다는 표정이다. 현수로부터 느껴지는 진한 숲의 향기 때문이다.

일생을 숲에서만 사는 엘프족 족장 정도의 향이다.

이 정도면 근처에 머무는 것만으로도 수목의 생장을 촉진시킬 것이다.

"그리고 위그드라실의 향기 또한 느껴지는군요. 어찌 된 영문인지요? 드래곤도 아니시고 엘프의 피가 흐르는 것 같지도 않는데 말입니다."

후렌지아가 고개를 갸웃거린다.

"숲의 가호는 뭔지 잘 모르겠습니다만 위그드라실의 향은 이것 때문일 겁니다."

말을 하며 위그드라실의 잎을 꺼내 들었다.

숙소용 컨테이너들은 우물 근처에 있어야 한다. 하여 우물의 위치를 파악하려 아공간에서 꺼내놓았던 것이다.

이곳에 오지 않았다면 지금쯤 우물 펌프를 만들고 있었을 것이다.

"그건… 잎이 시들지 않은 걸 보니 아직 완전한 인연을 맺지는 않으신 모양입니다. 어느 엘프가 그걸 드렸는지 물어도 되는지요?"

"이건 하일라 토들레아라는 엘프가 주었습니다. 미판테 왕국에 머물 때 우연히 만났지요. 그때 자그마한 친절을 베풀었는데 감사의 뜻으로 이걸 주더군요."

"하일라가? 그렇다면 레이찰과 오마샤 또한 구해주신 일족의 은인이시군요. 만나서 반갑습니다. 다시 인사드립니다.

하일라의 고모인 후렌지아 토들레아가 일족을 대표하여 감사의 뜻을 전합니다."

"아! 레이찰 남매의 고모이셨군요. 하하, 만나서 반갑습니다."

생판 남이 아니라 그래도 아는 사람, 아니, 아는 엘프와 인척 관계라니 약간은 긴장했던 마음이 풀린다.

이곳에 오는 동안 엘프의 방문 목적을 가늠해 보았다.

그러던 중 마음에 걸리는 게 있었다. 엄청난 넓이의 숲을 없앴다는 것이 그것이다. 하여 그것에 대한 항의를 하러 온 것이면 어떻게 무마할 수 있을까를 고심했다.

그런데 좋은 매개가 있으니 다행이다.

"세상 구경을 해보겠다고 나갔던 아이들이 오랫동안 복귀하지 않아 애를 끓였는데 은인 덕분에 무사 귀환하여 모두가 기뻐했습니다."

"그러시다니 참으로 다행한 일입니다. 그나저나 저를 찾으신 이유가 무엇인지요?"

분위기 좋을 때 본론을 끄집어내서 해결하는 게 가장 좋다 여겼기에 한 말이다.

"숲이 많이 망가지고 있습니다."

혹시나 했던 말이 튀어나왔다.

바세른 산맥에 자리 잡은 엘프들은 울창한 숲을 관리한다.

전대 드래곤 로드가 내린 명이다.

후임 로드는 이것에 대해 가타부타 언급하지 않았다. 따라서 바세른의 숲은 여전히 토들레아 일족 관할 하에 있다.

그런데 어느 날부터 사람들이 몰려와 나무를 베고 공사를 시작했다. 하루 종일 나무 태우는 냄새가 온 숲에 번졌다.

날씨가 추워 목재를 만들고 남은 것들을 태운 것이다.

처음 이러한 사실을 알았을 때는 와서 항의를 할 수 없었다. 드래곤의 향기가 남아 있었기 때문이다. 라이세뮤리안이 잠시 왔다 갔는데 그걸 느낀 것이다.

만일 드래곤이 주관하는 일이라면 토들레아 일족은 나설 수 없다. 드래곤 로드에게 허락 받고 하는 일일 것이기 때문이다.

그런데 서서히 그 향이 옅어졌고, 어느 날부터는 아예 존재감 자체가 느껴지지 않았다.

몬스터들을 몰아 멀고 먼 브론테 왕국까지 갔기 때문이다. 하여 어찌 된 상황인지를 먼발치에서 살펴보았다.

드래곤은 없고 어디서 왔는지 알 수 없는 원수 같은 드워프들이 떼를 지어 작업 중이다. 아울러 10,000명에 가까운 인간들이 작업에 동참해 있다.

거대한 건축물을 이곳저곳에 설립하는 중이다.

수많은 나무가 베어졌고, 절벽의 바위들을 가져다 다듬는 중이다. 목재와 석재로 사용하기 위함인 듯하다.

경계근무를 하는 자들이 있는데 그 숫자가 제법 많다. 일족을 이끌고 공격할 것인가를 고심했는데 이는 뒤로 미뤄졌다. 맞붙을 경우 많은 희생이 발생할 것이고, 처음에 느껴졌던 드래곤의 존재감이 마음에 걸린 때문이다.

하여 정황만 살피던 중 무지막지한 마나 개방을 느끼게 되었다. 가히 드래곤과 맞먹을 양이다.

하여 깜짝 놀라고 있었다. 그러던 중 가까이 다가온 이냐시오를 발견하여 불러들였다.

호기심 많은 녀석은 웬 키 큰 여인이 숲에서 부르는데 겁도 없이 다가갔다. 엘프라곤 상상도 못했기 때문이다.

후렌지아 토틀레아는 자신의 귀를 보여주며 누가 이토록 어마어마한 마나를 뿜는지를 물었다.

고모부를 자랑스럽게 여기기에 현수라고 대답했고, 만나보고 싶으니 불러달라고 청을 했다.

그 결과 여기까지 오게 된 것이다.

"은인, 저곳에서 어떤 일이 벌어지고 있는지 말씀해 주시겠습니까?"

조카들을 구해준 사람이라니 어투 자체가 바뀌었다. 아까보다 훨씬 공대하는 느낌이다.

"말을 하자면 조금 길 듯합니다. 잠시만요. 아공간 오픈!"

아공간에서 꺼낸 것은 1인용 소파 두 개와 탁자이다.

"……!"

"앉으시죠."

"아, 네. 어머, 굉장히 푹신하군요."

"네, 조금 그렇지요. 이것 조금 드셔보세요."

딱—!

사람끼리 대화할 때 뭔가를 같이 먹으면 훨씬 더 친밀감을 느끼게 된다. 그렇기에 회식을 하는 것이다.

현수가 건넨 것은 식혜였다.

캔을 따서 먼저 한 모금을 마시고 손짓하니 그대로 따라 한다.

꿀꺽꿀꺽—!

"흐으음! 아주 부드럽고 달군요."

"입에 맞으시니 다행입니다. 이제 대화를 해볼까요?"

"좋아요. 말해보세요."

"일단 이 일대는 테리안 왕국으로부터 할양 받은 저의 영지입니다."

"이곳에 인간의 영지를 조성한다고요? 조금 더 내려가면 멀쩡한 땅도 많은데 하필이면 왜 이 험한 산속에……."

후렌지아 토들레아의 말은 이어지지 못했다. 현수가 중간을 차고 들어간 때문이다.

"멀지 않은 곳에 제 마탑이 있어 그렇습니다."

"마탑이요? 그럼……?"

자신의 생각이 맞느냐는 표정이다.

"맞을 겁니다. 저는 이실리프 마탑의 제2대 탑주이자 매지션 로드입니다."

"아! 이실리프……."

오래전의 일이지만 토틀레아 일족과 아드리안 멀린 반 나이젤은 교류가 있었다.

멀린은 신선한 야채가 필요했고, 엘프는 사정거리가 더 긴 활이 필요했다.

가끔은 경각에 달한 엘프를 치료해 주기도 했다.

컴플리트 힐이나 리커버리는 종(種)에 구애받지 않는 마법이기 때문이다.

하여 한동안은 일 년에 한 번쯤 만나기도 했다. 그렇기에 이실리프 마탑이 바세른 산맥 어딘가에 있다는 걸 안다.

이실리프 마탑은 드래곤조차 한 수 접어줬던 곳인지라 엘프들도 조심스럽게 대했다.

주는 것보다 얻는 것이 더 많기 때문이기도 하다.

무지막지한 마나의 양과 제2대 마탑주라는 말에 어쩌면 자신과 대등한 나이일지로 모른다고 생각했는지 약간 자세를 달리한다. 조금 더 공손해진 느낌이다.

"그럼 이곳은 이실리프 마탑의 직할령이 되는 건가요?"

"그렇게 생각하시면 됩니다. 하지만 다른 영지처럼 인간이 무한정 늘어나진 않을 겁니다. 적정 규모가 되면 출입을 제한할 계획이니까요."

"아! 그런가요? 그나저나 이렇듯 진한 숲의 향기는 무엇에서 연유한 것인지요?"

아까부터 궁금했던 내용이다.

"글쎄요? 무얼 보고 그런 말씀을 하시는지 모르나 저는 숲의 향이 뭔지……. 아! 일전에 어떤 존재를 만난 적이 있습니다. 그것 때문인지 모르겠네요."

"어떤 존재요?"

"네, 아리아니라는 숲의 요정이라 했습니다."

"네? 설마 아리아니님을 직접 만나셨단 말입니까?"

후렌지아는 도저히 믿을 수 없다는 표정을 짓는다.

"네, 어떤 드래곤의 레어에서 잠시 만났지요."

"예? 드, 드래곤의 레어요?"

"네, 잠시 만나 대화를 한 게 전부입니다."

"그, 그런데 이렇듯 강한 축복을 내렸다고요? 세상에, 맙소사! 어떻게 이런 일이……! 아아아!"

대체 무슨 소린지 알아들을 수 없는 말을 내뱉더니 감탄사를 터뜨린다. 그러다 무슨 생각이 드는지 고개를 끄덕인다.

"하일라가 마탑주님께 위그드라실의 잎을 건넨 건가요?"

"네, 헤어질 때 고맙다면서 주더군요. 덕분에 아주 요긴하게 쓰고 있습니다."

수맥 찾는 데 이보다 좋은 건 없을 것이다. 그렇기에 아직도 생생한 위그드라실의 잎을 쓰다듬었다.

"엘프 여인이 사내에게 위그드라실의 잎을 건네는 것이 어떤 의미인지 혹시 아시는지요?"

"거기에 의미가 있습니까? 저는 잘 모르겠습니다."

현수의 반응을 본 후렌지아가 나직한 한숨을 쉰다.

"아아! 하일라는 아직 어린데 너무 일찍 결정했구나. 긴긴 세월을 어찌 살려고… 쯧쯧."

나직이 혀를 차며 중얼거리는 말을 현수는 듣지 못했다.

상당히 먼 곳으로부터 어떤 존재가 곧장 다가옴이 느껴졌기 때문이다.

'이건 뭐지? 뭐가 오는데 이런 존재감이 느껴져?'

고개를 갸웃거릴 때 후렌지아가 묻는다.

"마탑주님, 외람되게 하나 여쭈어도 되겠는지요?"

"말씀하십시오."

"위그드라실의 잎의 맹약 때문에 젊은 엘프가 일생을 고통스럽게 산다면 어떻게 하시겠습니까?"

"네? 그게 무슨……. 혹시 하일라 토들레아가 제게 이것을 주어 남은 생이 고난의 연속이라는 뜻입니까?"

"……!"

후렌지아가 대꾸 대신 고개를 끄덕인다. 현수는 더 생각할 것도 없다는 듯 위그드라실의 잎을 내밀었다.

"그렇다면 돌려주십시오. 저 때문에 그럴 순 없지요."

"그건 안 됩니다."

"네? 왜죠?"

없어서 곤란하다 하여 돌려준다는데 강하게 고개를 좌우로 젓자 의아하다는 표정을 지으며 바라보았다.

"그걸 돌려주신다 함은 스스로 목숨을 끊으라는 것과 같습니다. 아니, 돌려줌만 못하지요."

"허어! 그럼 제가 어떻게 해야 하일라 토들레아님이 괜찮아지는 겁니까?"

후렌지아는 이 대목에서 현수의 인간성을 파악했다. 하여 고개를 끄덕이며 말을 이었다.

"맹약이 헛되지 않도록 배려해 주시면 됩니다. 그저 그렇게만 해주시면 우리 하일라가 일생을 고통스럽지 않게 살게 될 겁니다. 그래주시겠습니까?"

"그, 그러죠."

현수는 저도 모르게 대답했다. 그러자 후렌지아의 표정이 급격히 밝아진다.

"역시 마탑주님은 다르시군요. 일족을 대표하여 다시금 감사의 뜻을 전합니다. 하일라가 좋은 짝을 찾은 것 같습니다."

"네? 그게 무슨……?"

"엘프 여아가 초경을 하는 날 위그드라실은 잎사귀 하나를 떨궈줍니다. 그건 일생을 같이할 반려에게……."

위그드라실의 잎이 어떤 뜻이 있는지를 듣게 된 현수는 얼른 손사래를 쳤다.

"아, 안 됩니다. 저는 이미 아내가 셋이나 있습니다. 그런데 어찌……."

"아! 불쌍한 하일라……. 이제 겨우 스무 해 남짓을 살았을 뿐인데 앞으로 천 년을……. 할 수 없지요. 그게 그 아이의 운명인 것을. 잠시라도 심려 끼쳐 죄송합니다."

후렌지아가 고개를 숙여 예를 취하곤 한 발짝 물러선다.

"아리아니님의 축복을 받은 분이시니 지금은 이 숲을 훼손하지만 더 많은 식물이 생장하도록 하시겠지요."

갑자기 웬 상황인가 싶어 대꾸 없이 바라만 보았다.

"저희는 저쪽에 머물고 있습니다. 마탑주님의 능력이라면 결계 속의 우리를 능히 찾으실 거라 믿습니다. 만나 뵙게 되어 지극한 영광이었습니다."

"가시게요?"

"네. 지금은 그래야 할 것 같습니다. 위대하신 분께서 거의 당도하신 듯하니까요. 나중에 한 번 더 찾아뵙지요. 그럼 저는 이만 물러납니다. 부디 안녕히……."

정중히 고개 숙인 후렌지아는 곧바로 몸을 돌려 숲으로 들어갔다. 금방 숲과 동화되어 보이지 않는다.

"카멜레온도 아닌데 정말 대단하군. 그나저나 위대한 존재라면 누구지? 라세안인가?"

고개를 갸웃거리고는 마나의 힘으로 라세안을 불렀다.

[라세안! 라세안! 어디에 있는가? 라세안!]

뭔가 더 뜻을 전하려는데 일진광풍이 부는가 싶더니 금발 머리를 찰랑거리며 30대 초반 사내가 다가온다.

"흐음, 인간치고는 대단하군."

"…누구십니까?"

"옥시온케리안! 바세른의 주인이지."

"……!"

라이세뮤리안이 경고했던 드래곤 로드인 듯하다.

"인간들이 시끄럽게 떠들면서 내 앞마당을 다 헤쳐 놓고 있더군. 내 허락도 없이 말이야."

생긴 것으로만 따지면 왕년의 로버트 레드포드[14] 찜쩌먹게 잘생겼다. 하나 표정은 부드럽지 못하다.

자신의 영역을 침범당한 때문일 것이다.

---

14) 로버트 레드포드(Robert Redford) : 미국의 영화배우 겸 감독, 올 이즈 로스트, 스팅 등에 출연. 흐르는 강물처럼 등을 감독.

'뭐야? 드래곤 로드랑 한판 붙어야 하는 거야? 흐음, 라세 안보다는 조금 센 거 같은데 될까? 까짓것, 한번 해보지. 그랜 드 마스터에 10서클 마스터이니 지진 않을 거야.'

머릿속으론 온갖 경우의 수를 떠올리고 있다.

라세안과 대결할 때와 달라진 건 두 가지이다.

그랜드 마스터로 바뀌었다는 것과 10서클 마스터가 되었 다는 것이다. 이것만으로도 충분히 겨뤄볼 만하다.

게다가 보우 마스터 최상급이기도 하니 거리가 떨어지면 마법이 중첩된 화살을 쏠 생각이다.

그것으로도 부족하면 라세안에게 상처를 줬던 중기관총 K-6를 다시 꺼내 드는 방법도 있다.

이것도 안 되면 러시아 공격 헬기 KA-52 Alligator Hokum B에 장착되는 AT-16가 있다.

이건 공격 헬기에 장착되는 고성능의 HEAT 탄두를 장착한 대전차미사일이다.

유도 방식이 레이저 빔 라이딩 방식이라 목표에 맞을 때까 지 조준용 레이저빔을 조준해 고정시켜야 하는 단점이 있다. 하지만 사거리가 10km나 되며, 일반 장갑강철판 기준 900mm 를 뚫을 관통력을 가졌다.

약 90cm 두께의 철판을 뚫을 수 있으니 앱솔루트 배리어로 도 안전을 장담하기 어려울 것이다.

'뭐, 해볼 만은 하겠네.'

현수는 마음의 준비를 했다. 이실리프 자치령을 다른 곳으로 옮길 마음이 전혀 없기 때문이다.

이는 지구에서의 관념 때문이다.

지구에선 인간이 모든 동물에 우선한다. 현수에게 있어 드래곤은 고등 파충류에 불과하다. 물론 폴리모프 마법으로 모습을 바꿔 인간처럼 보일 땐 이런 마음이 많이 옅어진다.

그래도 아르센 대륙의 모든 존재처럼 드래곤에 대한 경외감 같은 걸 가지지 않는다.

조금 똑똑한 공룡일 뿐이기 때문이다.

집 짓고 살아보려는데 공룡이 공격하려 한다면 지구에선 어떻게 하겠는가!

소총으로 잡기 어려우면 탱크나 대포 등을 동원하여 퇴치할 것이다. 그렇기에 자리를 옮길 생각을 하지 않은 것이다.

"왜 대답이 없지? 여긴 내 영역이네."

옥시온케리안은 어서 대답하라는 표정이다.

라세안이 말하길 눈앞의 존재는 석 달쯤 전 본인에게 패했던 제니스와 쌍둥이다.

로드이니 뭐가 달라도 다르긴 할 것이다. 그리고 이웃과 트러블이 있으면 곤란하다. 하여 싸울 때 싸우더라도 일단 대화를 해봐야겠다고 생각했다.

한창 일하고 있는 드워프 등에게 해코지를 하면 안 될 것이기 때문이다. 그리고 제니스가 중재자가 될 수도 있기 때문이기도 하다.

"…일단 이곳이 로드의 영역이라는 걸 몰랐습니다. 저는 테리안 왕국으로부터 이곳을 할양 받았을 뿐입니다."

"그래서 어찌하겠다는 것인가?"

"이미 들인 돈도 많고 하니 눈감아주셨으면 합니다. 좋은 이웃이 될 수 있을 테니까요."

"좋은 이웃? 인간이 감히 내게 이웃 운운하는가?"

옥시온케리안의 음성이 조금 더 냉랭해진다. 하찮은 존재가 자신과 동격인 듯 말한 때문이다.

"라세안, 아니, 라이세뮤리안에게 듣자 하니 제니스와 쌍둥이시라더군요."

"라이세뮤리안과 제니스? 설마 라이세뮤리안 옥타누스 카로길라아지바랄과 제니스케리안 인터누스 지노타루이마덴을 뜻하는 말인가?"

옥시온케리안의 눈이 급격히 커진다. 인간은 드래곤의 풀 네임을 알지 못한다. 들어볼 기회가 없기 때문이다.

"제니스의 풀 네임을 모르지만 라이세뮤리안 옥타누스 카로길라아지바랄은 내 친구의 이름 맞습니다."

"친구? 인간인 너와 라이세뮤리안이 친구라고?"

도저히 믿을 수 없는 표정이다.

인간이 드래곤과 가깝게 지낸 전례가 없는 것은 아니다.

아주 오래전 스스로 인간에게 다가간 몇몇 드래곤이 너그럽게도 그렇게 해도 된다고 한 적이 있기 때문이다.

그들은 제국을 건국했거나 위대한 영웅이었다. 그러고 보니 눈앞의 인간 또한 대단한 기운을 내뿜고 있다.

'웃! 인간이 어떻게 이런……?

옥시온케리안은 현수가 일부러 드러내는 기세에 움찔했다.

일만 년 가까이 세월을 보낸 에이션트급 드래곤에게서나 느껴질 만한 대단한 카리스마였기 때문이다.

'웃! 그러고 보니… 이건……! 인간이 어떻게……?

이번에 느낀 기운은 막강한 신성력이다.

신관이 아님에도 이만한 신성력을 가진 존재는 여신의 가호를 받았을 때뿐이다.

여신의 가호[15]란 '신이 특별히 주시하는 귀한 존재' 라는 의미를 담고 있다. 원래는 드래곤이나 몬스터로부터 죽임을 당하지 않게 하기 위해 신이 베푼 안배이다.

만일 여신의 가호를 받은 존재를 해하게 되면 용서가 없는 보복을 당하게 된다.

멸종당한 몬스터 중 일부는 모든 종족이 하루아침에 땅속

---

15) 가호(加護) : 신 또는 부처가 힘을 베풀어 보호하고 도와줌.

에 묻히는 횡액을 당했다.

신성력은 부수적인 것일 뿐이다.

한낱 미물도 아닌 드래곤, 그것도 로드이기에 옥시온케리안은 가이아 여신의 가호에 놀라는 표정을 지었다.

이때 또 다른 기운을 느끼게 되었다.

'헐! 이건 숲의 요정인 아리아니의 축복이잖아.'

옥시온케리안은 고모뻘 되는 켈레모라니 라수스 에이페 컨페드리안 브지에텐토가리니안을 떠올렸다.

같은 골드 일족으로 참으로 정결한 삶을 살았던 존재이다. 마지막으로 만난 건 거의 1,500년 전이다.

고모에겐 시녀 겸 말동무인 아리아니라는 숲의 요정이 있었다. 모든 정령의 기운을 가진 희귀한 존재이다.

아무리 황량한 벌판이라도 몇 년의 세월만 주면 울창한 숲으로 변모시킬 능력을 가졌다.

아리아니는 단 한 번도 인간에게 축복을 내린 적이 없다. 인간은 늘 숲을 파괴하는 존재이기 때문이다.

그런데 지금 현수에게서 아리아니의 향기가 느껴진다. 물론 극도로 예민한 감각을 가졌기에 알 수 있는 것이다.

"혹시… 켈레모라니 라수스 에이페 컨페드리안 브지에텐토가리니안님을 뵈었는가?"

"뵈었지요. 하지만 이미 마나의 품으로 가신 뒤였습니다.

드래곤 하트는 그냥 있더군요. 지금도 잘 있을 겁니다."

"……!"

인간은 몹시 탐욕스럽다. 그런데 엄청난 마나를 품고 있는 드래곤 하트를 그냥 놔두고 온 것처럼 말한다.

"그런데 켈레모라님을 어떻게……? 아! 같은 골드 일족이시구나."

"인간, 오늘은 이만 가지. 하지만 내 영역에서 소란 떠는 건 용납할 수 없네. 시간을 줄 테니 입장을 정리하게."

"그건……!"

말도 안 되는 소리라는 말을 하려는 찰나 옥시온케리안이 먼저 입을 연다.

"텔레포트!"

"……!"

허공에서 그냥 팍 하고 사라진다. 과연 용언 마법이다.

지구의 속담 중 '뜻이 있는 곳에 길이 있다' 는 말이 있다.

Where there is a will, there is a way!

의지만 있으면 못 이룰 것이 없다는 뜻이다. 용언 마법이 이와 같아 마음만 먹으면 마법이 이루어지는 모양이다.

"흐음, 드래곤의 마법도 얼른 마스터해야겠군."

조만간 한 번 붙을 확률이 있기에 나직이 중얼거린 말이다. 이때 급격한 마나 유동 현상이 발생된다.

파앗!

"응? 라세안인가?"

"핫핫! 그래, 날세. 날 불렀어?"

"어! 그, 그래. 근데 요즘 뭐해?"

"뭐하긴, 자네가 말한 대로 몬스터들을 브론테 왕국 쪽으로 열심히 몰고 있지. 그놈들 중에 흑마법사들이 많더군."

"그래, 흑마법사!"

"고 녀석들 사냥하는 재미가 쏠쏠해."

진짜 사냥을 즐기는 듯한 표정이다. 현수의 말에 따라 온갖 몬스터들을 브론테 왕국 쪽으로 보냈다.

곧 치열한 전투가 벌어졌다. 그런데 모양새가 이상하다. 흑마법이 난무했던 것이다.

라세안은 '호오! 이것 봐라' 하는 표정으로 바라보았다. 마족이나 소환해 대는 흑마법사들은 밥맛없기 때문이다.

흑마법사들은 필사적으로 몬스터들을 막았다.

하지만 숫자가 너무 많았다. 그 결과 브론테 왕국은 절반가량 몬스터들에게 잠식당해 있다.

당연히 수많은 난민이 발생되었다.

이들은 안전한 곳을 찾아 이동하는 중이다. 전 같으면 이러한 움직임을 엄격하게 제한했을 것이다.

하지만 현재는 그럴 수 없다.

놔두면 모두 몬스터의 먹이가 되는 상황인지라 국경 너머 다른 나라로 넘어가는 것을 알면서도 막지 못한다.

그랬다가는 폭동이 일어날 것이기 때문이다.

그 덕에 이실리프 자치령으로 끌려온 드리튼 백작 영지의 영지민 거의 전부가 무사히 국경을 넘었다.

그동안 어찌 국경을 넘어 탈출하나 애만 태웠는데 절호의 찬스가 온 것이다.

문제는 백작의 기사와 병사 가족들만이 아니라는 것이다. 이들의 수효는 약 삼만 명이다.

여기에 평민과 농노, 상인 등이 다수 끼어 있다. 이들의 숫자 역시 삼만여 명에 달한다.

졸지에 엄청난 인원의 이동이 시작된 셈이다.

미리 언급해 두었는지라 헨탈 영지의 영주인 누마 백작은 이들을 따뜻하게 맞이했다.

아울러 이실리프 자치령까지 탈 없이 갈 수 있도록 길을 안내할 병사까지 붙여주었다. 하여 현재 이동 중에 있다.

어쨌거나 라세안은 몬스터들을 몰아 흑마법사와 이들에 의해 영향 받은 기사 및 병사들을 곤경에 처하게 했다.

다른 한쪽에선 제니스가 같은 일을 하고 있다.

사방에서 몬스터들이 튀어나온다. 국가의 근간인 백성들은 서둘러 다른 나라로 넘어가고 있다.

　이러다 껍데기만 남게 생겼다. 브론테 왕국의 최대 위기가 조성된 것이다.

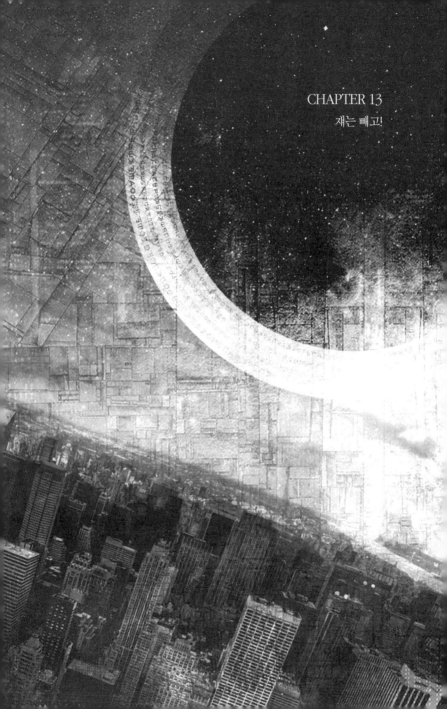

CHAPTER 13
재는 빼고!

모든 이야기를 듣고는 라세안의 어깨를 탁탁 두드렸다.

"그거 참 잘했네. 계속해서 몰아쳐."

"그래. 참, 선물이 있는데 줄까?"

"선물? 무슨 선물?"

"인간들이 좋아하는 거지. 잠깐만. 아공간 오픈!"

라세안은 아공간에 담긴 각종 몬스터의 사체를 꺼내기 시작했다. 죽자마자 넣었는지 부패된 건 하나도 없다.

그런데 양이 엄청나다. 작은 산 정도 된다.

"놈들이 전투를 하면 나는 챙겼지. 이거 내다 팔면 돈이 꽤 될 거야. 이실리프 자치령을 위한 내 선물이네."

"라세안, 이 친구가 정말……! 고맙네. 고마워."

현수는 진심으로 기뻐하고 고마워했다. 드래곤이 인간을 위해 이처럼 마음을 쓰는데 어찌 안 그렇겠는가!

"그나저나 제니스는 어디에 있나?"

"흑마법사 녀석들 혼내주는 재미에 푹 빠져 있네."

"아, 그럼 브론테 왕국 근처에 있는 건가?"

"그래. 요즘은 제자 키우는 재미와 흑마법사 사냥하는 재미에 빠져서 살고 있지."

현수는 의아하다는 표정을 지었다.

"제니스가 제자를 키워? 뭐야? 드래곤에게도 도제제도[16] 비슷한 게 있나?"

"도제제도가 뭔지는 모르겠지만 제니스의 제자는 인간이야. 자네도 잘 아는."

라세안이 의미심장한 웃음을 짓는다.

"제니스의 제자를 내가 안다고? 누구지?"

전혀 떠오르는 사람이 없다. 하여 고개를 갸웃거렸다.

"그래, 아주 잘 알지. 아무튼 요즘 일취월장하고 있네. 제니스가 아주 잘 가르치거든. 역시 골드 일족다워."

드래곤 중 마법의 위력이 가장 강력한 쪽은 블랙 일족이다.

---

16) 도제제도(Apprenticeship System) : 중세유럽 도시의 수공업 기술자 양성 제도, 도장인 집에서 침식을 함께하면서 기술을 연수하는 것.

주로 공격 마법을 익히기 때문이다.

골드 일족은 광범위한 마법을 익히면서도 여타 일족들을 압도한다. 마법에 대한 이해도가 탁월하기 때문이다.

따라서 골드 드래곤에게 마법을 전수 받는 것은 모든 마법사들이 바라 마지않는 일이다.

"누구야, 대체?"

"그건 말해줄 수 없네. 그쪽에서 신신당부했거든. 그나저나 날 왜 불렀나?"

"조금 전에 드래곤 로드를 만났네."

"옥시온케리안을?"

성질 급한 레드 일족만 아니었다면 라세안이 드래곤 로드였을지도 모른다. 전대 로드가 둘 중 하나를 후계자로 고심했기 때문이다. 이러한 사실을 알기에 로드에 대한 존경심이 조금도 없는 듯하다.

하긴 라세안만큼 개성 강한 드래곤도 드물 것이다. 그래서 그런지 로드를 칭할 때에도 '님' 자를 붙이지 않는다.

옥시온케리안과 거의 대등하다 여기기 때문일 것이다.

"그래, 자네가 말한 대로 여기가 자기 영역이라면서 나가 달라는 뜻을 표하더군."

"그래서 어찌했나? 주변이 멀쩡한 걸 보면 한판 붙은 것 같지는 않은데 말이야."

"일단 생각할 시간은 주겠다는군. 근데 나는 여길 나갈 생각이 없어. 그래서 로드와 한판 붙어볼 생각을 하고 있는데 자네 의견은 어떤가?"

"뭐? 로드와 붙어? 자네 제정신인가?"

"왜? 그럼 안 되나?"

"모든 드래곤과 적이 되는데?"

"적이 된다고? 그게 그렇게 되는 건가?"

현수의 태연한 표정에 라세안이 펄쩍 뛴다.

"헐! 이것 봐, 친구. 로드는 모든 드래곤을 대표하는 존재야. 그런 로드와 적대관계가 되면 일족 전부가 나서서 징치해야 하는 게 맹약이지. 그렇게 되면 어쩔 수 없이 나도 자네를 공격해야 한다구."

라세안의 표정이 아주 심각해졌다. 모든 드래곤과 현수가 맞붙었을 때 벌어질 수 있는 일 때문이다.

혹시라도 핵 배낭이라도 터뜨리면 일족의 씨 몰살이 예상된다. 생각만 해도 끔찍한 일이다.

그렇기에 저도 모르게 진저리를 치고 있다.

"흐음! 그런 맹약이 있었나? 몰랐네. 그럼 어떻게 하지?"

"제, 제니스에게 중재를 부탁해 보게."

라세안은 심히 당황했는지 말까지 더듬는다.

"제니스? 로드와 쌍둥이라고 했지? 근데 내 부탁을 들어줄까? 내게 그렇게 당했는데."

"말해봐. 밑져야 본전이잖아. 만일 말을 안 들으면 다시 한 번 조져. 힘으로 제압해서 말을 듣게 하라고."

"뭐어? 아무 죄도 없는 제니스를 두들겨 패서 말을 듣게 하라고?"

"그래. 그렇게 해서라도 중재하게 해. 그게 최선이야."

"흐으음, 알았어. 그럼 내가 제니스를 만나러 가야겠군."

라세안이 얼른 고개를 끄덕인다.

"그래, 이번엔 자네가 부탁하는 입장이니 오라 가라 할 수 없지. 같이 가세. 내가 데려다 줌세."

"아직은 아냐. 여기 일이 아직 정리가 안 되었어. 온 지 얼마 안 되었거든. 조금이라도 수습해 놓고 그러고 갈게. 자네 먼저 가 있어. 내가 연락할게."

"그, 그래. 꼭 연락해. 알았지?"

"오케이! 도와줘서 고마워."

"응? 으응, 그, 그래! 그럼 나 먼저 가서 제니스를 살살 달래고 있을게. 얼른 연락해."

"그래, 먼저 가!"

라세안이 가고 난 뒤 한참을 턱을 괸 채 상념에 잠겨 있다. 옥시온케리안과의 분쟁을 어찌 해결할지 생각한 것이다.

제니스가 중재해 주면 큰 탈 없이 일이 끝나지만 아닐 경우

무지막지한 대결을 해야 한다.

그때 어찌할 것인가를 고심한 것이다.

"전격적으로 옥시온케리안을 제거하고 라세안을 로드로 옹립해? 끄응! 답답해서 안 한다 하겠군. 어떻게 하지?"

인간이 드래곤 로드를 갈아치울 생각을 하고 있다. 아르센 대륙이 생성된 이후 전무후무한 일이다.

문제는 그게 가능할 수도 있다는 것이다.

지금이라도 옥시온케리안을 찾아가 공격을 가하면 제거는 가능하다. 20m짜리 검강과 10서클 마법, 여기에 지구의 무기까지 가세하면 불가능한 일만은 아니다.

그런데 선불 맞은 멧돼지라는 말이 있다.

단숨에 제압하여 사체를 아공간에 담아버리면 라세안을 제외한 다른 드래곤들은 모를 것이다.

문제는 그러지 못할 경우이다. 상처만 입히는 정도로 끝나버리면 이실리프 자치령의 건설에 큰 차질이 생긴다.

옥시온케리안은 현수와의 대결을 피하려 할 것이다.

대신 공사 중인 드워프, 또는 브론테 왕국과 라이서 제국에서 데려온 만오천 명의 인간을 몰살시키려 할 것이다.

그런데 허구한 날 이실리프 자치령을 지키고 서 있을 수는 없다. 지구에도 오가야 하기 때문이다.

본인이 없을 때 이런 만행을 저지르면 막을 방법이 없다.

따라서 대결보다는 대화가 먼저이다.

"끄으응! 하필이면 왜 여기에⋯⋯. 바세른 산맥 엄청 넓은데. 좀 더 깊숙한 곳으로 레어를 옮기면 될 일을. 쩝!"

지극히 인간다운 생각이다. 다시 말해 이기적이다.

"아무튼 여기 일부터 얼른 수습해야지. 그전에 먼저 토마스와 그 일행을 데려와야 하고, 리히스턴 자작도 데려와야 하는군. 일단 토마스 먼저. 텔레포트!"

현수의 신형이 스르르 사라졌다.

"아, 마스터! 어서 오십시오."

주점의 문을 열고 들어서자 곧바로 토마스와 시선이 마주쳤다. 입구에서 가장 가까운 탁자에 자리 잡은 때문이다.

"아, 안녕하십니까? 목이 빠지는 줄 알았습니다."

카이엔 제국의 수도의 분뇨를 담당하는 똥치기 대장인 미친 오우거 란돌프이다. 그의 곁에는 아우인 레이먼이 있고, 현수와 팔씨름을 했던 하만 등이 있다.

"그래, 잘들 있었지? 내가 공사가 다망해서 좀 늦었네."

"아, 아닙니다. 저흰 괜찮습니다."

전장의 학살자 토마스가 얼른 손사래를 친다. 말을 이렇게 했지만 이곳에서 한 달 이상 기다리기만 했다.

매일 아침 눈을 뜨면 현재 앉아 있는 자리를 차지한 채 입구만 바라보았다.

언제 저 문이 열리고 그랜드 마스터이자 매지션 로드인 이실리프 마탑주의 얼굴이 보이나 노심초사해 기다리고 있었던 것이다.

그러다 시비도 많이 붙었다. 물론 토마스가 전장의 학살자라 불리는 용병이라는 걸 모르는 자들이 덤볐다.

결과는 100전 100패이다. 무료한 기다림을 달래준 유일한 일들이었다. 어쨌거나 기약도 없고 아무것도 하는 일 없이 기다리기만 하는 일은 사람을 지치게 만들었다.

하여 토마스 등의 얼굴이 조금 늙어 보인다.

"미안하네. 이제야 시간이 나서…… 이실리프 자치령으로 가려 하는데 지금 괜찮은가?"

"물론입니다."

모두들 준비된 짐을 짊어진다. 한 달이 넘도록 바닥에 놓여 있던 것이라 먼지가 우수수 떨어진다.

"좋아, 가지."

현수가 먼저 자리에서 일어섰다. 이때 란돌프가 잠시 주저하더니 입을 연다.

"저어, 마스터!"

"왜?"

"아우들을 조금 더 데려가도 되는지요? 똥이나 치우면서 사는 것보다는 조금이라도 건설적인 일을 해보고 싶다는 녀석들이 많아서요."

"…좋아, 같이 가지."

"감사합니다. 감사합니다."

란돌프가 계속 굽실거리는 사이에 주점에 앉아 있던 모든 사내가 자리에서 일어난다.

"설마……!"

"네, 제 아우들입니다. 친형제는 아니지만 절 따르니……."

"흐음, 가족은 없나? 홀아비들은 아닐 거 아닌가?"

이실리프 자치령은 현재 심한 성비 불균형 상태이다. 사내들만 우글거리고 여자들은 몇 없다.

치마만 두르면 미추에 관계없이 환장할 지경인 것이다. 여기에 사내들을 추가하고 싶지 않았던 것이다.

"가, 가족들도 데려가 주실 수 있는 겁니까?"

"지금부터 세 시간을 주지."

"가, 감사합니다. 그, 그럼……!"

들고 있던 짐을 내려놓고 모두들 우르르 몰려 나간다. 남은 건 토마스뿐이다.

"토마스 자넨? 깊은 산속이라 여자를 만나기 힘든 곳이네. 여기 꽤 오래 있었으니 마음에 둔 여인이 있을 법한데 안 데리고 갈 건가?"

"…알겠습니다. 세 시간 후에 뵙죠."

토마스마저 나가자 주점은 텅 비었다.

"온 김에 스타이발 후작이나 봐야겠군."

"어서 오십시오, 로드!"

영광의 마탑주 요한슨 드 스타이발 후작의 허리가 깊숙이 숙여진다.

"잘 있었는가?"

"로드의 염려 덕분에 무탈합니다."

"진전은……?"

"텔레포트 마법은 팔 할가량……."

스타이발 후작은 자신 없는 표정이다.

"흐음! 자네의 마법서를 가져와 보게."

"네, 로드!"

스타이발 후작이 가져온 것은 고색창연하다 못해 만지기만 하면 부스러질 정도로 낡은 마법서였다.

표지에는 『저자 : 엘리온 드 스타이발』이라 쓰여 있는데 희미하게 보일 지경이다.

"흐음! 많이 낡았군. 오래 돼서 그런가? 리이스태블리쉬먼트(Reestablishment)! 레스터레이션(Restoration)!"

재정립 마법과 복원 마법을 구현시키니 낡디낡은 마법서

가 거의 새 책처럼 멀쩡해진다.

"허어!"

세월에 따라 책도 늙는다. 그런데 노인이 청년으로 변모하
듯 바뀌니 탄성이 저절로 나온 모양이다.

현수는 태연한 표정으로 멀쩡해진 마법서를 뒤적였다.

"흐음! 효율이 좀 떨어지는군. 이 부분은 설명이 너무 많이
생략되었고……. 아공간 오픈!"

현수가 아공간에서 꺼낸 건 볼펜이다. 제법 묵직한 고급형
이다. 한쪽으로 돌려 심이 나오게 한 후 주석을 달았다.

스타이발 후작은 이런 모습을 숨도 안 쉬고 보고 있다.

매지션 로드가 손수 마법을 지도해 주는 것이나 다름없기
때문이다.

"흐음, 이제 되었네. 이 정도면 익히기 쉬울 것이야."

"가, 감사하옵니다, 로드!"

"일단 텔레포트부터 배우게. 나머진 차차 알려주지. 그나
저나 세 시간 후에 이실리프 자치령으로 갈 것이네. 생각 있
으면 오게."

"네? 무, 물론입니다. 가고 싶습니다. 갑니다. 저도 꼭 가게
해주십시오."

스타이발 후작은 모처럼 찾아온 기회를 절대 놓칠 수 없다
는 듯 가겠다는 말만 반복한다.

"좋아, 출발할 지점은⋯⋯."

현수는 토마스가 머물던 주점의 위치를 알려주었다.

"나는 바쁜 일이 있어 잠시 라이서 제국엘 다녀오겠네. 이 따가 보세. 텔레포트!"

샤르르르르릉—!

"헉! 라, 라이서 제국이라고요? 여, 여기서 거기까지 거리 가 얼만데⋯⋯. 와! 역시 로드십니다."

스타이발 후작은 초장거리 텔레포트를 아무렇지도 않게 시전한 것에 화들짝 놀라는 표정이다.

지금으로썬 상상도 할 수 없는 일이기 때문이다.

현수는 하켄 백작령의 영주성이 있는 곳에 당도하였다. 유 서 깊은 가문이었기에 대륙좌표일람에 명기되어 있었다.

당도하자마자 사람들에게 물어 리히스턴 자작의 저택을 찾았다. 삼 층짜리 건물인데 제법 규모가 컸다.

마침 안으로 들어가려는 자가 있어 다가갔다.

"네놈은 누구냐? 무슨 용무지?"

"리히스턴 자작 있는가?"

"뭐? 이런 미친놈을 보았나? 어디서 감히⋯ 하늘 자작님의 이름을 함부로 부르다니! 경비병! 경비병!"

시종 복장 사내가 소리치자 문 안쪽으로부터 두 명의 병사가 달려나온다.

"아! 하만스 시종님, 무슨 일이십니까?"

"이놈이, 이놈이 방금 자작님의 이름을 함부로 불렀다. 당장 체포하라."

"네, 알겠습니다. 네 이놈! 어서 손을 번쩍 들지 못할까?"

둘 중 하나가 들고 있던 할버드로 현수를 겨냥한다.

나머지 하나는 전투용 도끼를 던질 자세를 취한다. 좋은 말로 할 때 알아서 깨갱 하라는 의도이다.

그런데 이들과 드잡이를 할 시간적 여유가 없다. 그렇기에 개의치 않고 입을 열었다.

"리히스턴 자작에게 전하라. 이실리프 마탑주가 왔다고."

"…이런 미친……! 경비병, 더 볼 것도 없다. 그냥 죽여! 미친놈이니까! 어디서 감히 마탑주님을 사칭해?"

"하만스 시종님, 정말 죽입니까?"

경비병이 주저하는 모습을 보이자 하만스가 소리친다.

"그래! 미친놈이잖아. 죽여! 죽여 버리라고! 나 원 참, 살다 보니 별 미친놈을 다 보네."

하만스는 상대할 가치조차 없다는 듯 안으로 들어가 버린다. 남겨진 경비병들은 당황한 기색이다.

별일도 아닌데 죽이라는 지시를 받은 때문이다.

"네, 네 이놈!"

할버드와 도끼로 겨냥은 하고 있지만 공격할 의사는 없는 듯하다. 오히려 벌벌 떨고 있는 걸 보니 사람을 죽여 본 경험이 없는 자들인 듯싶다.

"안에 들어가 리히스턴 자작에게 이실리프 마탑주가 왔다고 전해주게."

"이, 이런! 하늘같은 마탑주님을 사칭하다니! 어서 썩 물럿거라! 썩 물러!"

"그, 그래! 왜 하필이면 여기 와서 이래? 어서 가! 가란 말이야! 잘못하면 큰일 나니까!"

"자네들, 이름이 뭔가?"

"우, 우리 이름? 그건 알아서 뭐 하려고?"

할버드를 든 병사가 동료를 바라본다. 내 뜻에 동의하느냐는 표정이다.

"그래, 우리 이름으로 뭐 하려고?"

"그냥 알려주게. 손해 볼 일은 없을 테니."

"나, 나는 란슨이고 저 친구는 에판이야. 자, 이제 이름 알았으니까 어서 가. 괜히 여기서 이러다가 큰일 치러."

빨리 가라는 듯 손짓까지 한다. 그러면서 연신 뒤를 돌아본다. 하만스 시종이 다시 튀어나올까 싶어서이다.

"어서 가라니까. 아, 어서……!"

어물쩍대다 잘못될까 싶어 그런지 버럭 소리까지 지른다.

"리히스턴 자작! 리히스턴 자작!"

방금 한 말은 겉으로 소리가 나는 말이 아니다. 마나를 이용한 일종의 전음이다.

"야, 빨리 가. 여기서 이러다 하만스 시종님 나오면 우리도 봐줄 수 없단 말이야. 어서 가."

현수가 떠나지 않자 란슨이 불안한 표정으로 연신 뒤를 돌아본다. 하만스 시종의 집요함을 알기 때문이다.

인간성도 더러워서 다시는 상대하고 싶지 않은 존재이다.

이때 현수의 뒤쪽으로부터 젊은 여인이 다가온다. 그녀의 뒤에는 부모로 보이는 장년인들과 여인의 남동생 둘이 있다.

이들을 발견한 란슨이 에판에게 손짓한다.

"에판, 마님 오신다!"

"어! 그러네. 이, 이봐, 좀 비켜서. 뒤에 우리 마님 되실 분과 그 가족들이 오시니까."

에판의 말에 현수가 고개를 돌리자 젊은 여인과 시선이 마주친다.

"어머! 마, 마탑주님, 마탑주님께 어떻게 여길……! 그, 그동안 안녕하셨어요?"

젊은 여인은 리히스턴 자작의 아내가 될 메리였다.

메리는 현수를 발견하자마자 후다닥 달려왔다. 그리곤 허리가 부러질 듯 깊숙이 고개를 숙인다.

이 모습을 보고 있던 란슨과 에판은 눈알이 튀어나올 정도로 눈을 부릅뜨고 있다.

"허어! 세상에! 지, 진짜 마탑주님이셨어?"

"끄으응!"

털썩—!

나직한 신음과 함께 기절한 것은 에판이다. 하늘같은 이실리프 마탑주에게 도끼를 던지려고 했다.

불경도 이런 불경이 없다. 이건 구족을 멸해도 된다는 생각이 들자 정신이 아득해지면서 혼절한 것이다.

"에판! 에판!"

란슨은 쓰러진 에판을 얼른 일으키려 했다. 하지만 혼절한 사람이 어찌 일어나겠는가!

"어웨이크!"

샤르릉—!

"끄응! 여긴? 아! 헉! 마, 마탑주님! 주, 주, 죽을죄를 지었습니다요! 한번만 용서해 주십시오!"

에판이 얼른 무릎을 꿇자 란슨 역시 나란히 무릎 꿇고 고개를 조아린다. 마침 근처를 지나던 사람들은 이게 대체 무슨 상황인가 싶어 바라본다.

이때였다.

후다다다다다—!

"헉헉! 아! 로, 로드! 어, 어서 오십시오, 로드!"

안쪽으로부터 황급히 달려나온 건 리히스턴 자작이다. 현수의 전음을 듣자마자 하던 일을 팽개치고 맨발로 튀어나온 것이다.

"잘 있었는가?"

"무, 물론입니다, 로드! 한데 로드께서 어찌 이곳까지 친히……!"

"자네를 데리러 왔네. 이실리프 자치령으로 가세."

"로, 로드! 그럼 정말……!"

"이제 자넨 이실리프 마탑의 마법사가 될 것이네."

"아아! 로, 로드시여!"

리히스턴이 현수의 앞에 무릎을 꿇고 고개를 조아린다. 곁에 있던 메리도 얼른 무릎을 꿇는다.

남편의 하늘이면 본인에게도 하늘이기 때문이다.

메리의 부모와 동생들도 얼른 무릎을 꿇는다.

곁에서 구경하던 사람들도 대경실색하며 얼른 무릎을 꿇는다. 마법사들이란 너무도 괴팍하여 조금이라도 마음에 들지 않으면 파리 잡듯 사람을 잡기도 함을 알기 때문이다.

"시간이 별로 없네. 꼭 가져가야 하는 것만 챙기게. 아울러 식솔들이 있으면 같이 가세. 참, 란슨과 에판도 가겠다고 하면 데리고 가세. 그 가족도 모두."

"네, 로드! 이, 일단 안으로 드셔서 차라도 한 잔 하시지요. 시간이 조금 필요하니까요."

"그럼 그럴까? 참, 하만스라는 시종이 있지?"

"네, 로드!"

"그자는 빼게. 성품이 별로인 듯싶으이."

"알겠습니다, 로드! 일단 안으로 드시지요."

리히스턴 자작의 안내를 받아 접견실로 들어갔다. 그곳에서 차 한 잔을 대접 받았다. 물론 메리가 가져왔다.

차를 마시는 동안 리히스턴 자작성은 난리가 벌어졌다. 모두들 짐을 꾸리느라 정신이 없기 때문이다.

딱 하나만은 예외이다!

하만스 시종은 넋 잃은 표정이 되어 있다. 졸지에 홀로 남겨지게 된 때문이다.

리히스턴 자작은 저택으로 복귀한 뒤 언제든 떠날 수 있도록 만반의 준비를 했다.

저택과 부동산은 모두 처분되었다. 잔금까지 모두 받았음에도 저택에 머물고 있음은 월세를 내고 빌린 때문이다.

애초의 계획은 본인과 메리를 비롯한 처가 식구들만 데리고 가는 것이다. 시종과 시녀, 그리고 경비병 등 여러 인원이 남겨지게 되는 것이 마음에 걸렸다.

하여 헤어질 때 금전적 보상을 하리라 마음먹고 있었다.

그런데 모두 데려가도 된다고 하니 하나라도 더 가져가려고 바리바리 짐을 싸는 중이다.

"흐음! 다 되었는가?"

"네, 로드!"

"좋아, 이제 출발하지."

리히스턴 자작 일가는 전원 컨테이너 안에 들어가 있다.

짐도 모두 그 안에 넣었다. 상당히 많은 양이지만 공간 확장 마법이 걸려 있어 가능했다.

"매스 텔레포트!"

샤르르르르르릉─!

"이런 젠장……!"

털썩─!

모두가 사라진 저택 현관에 하만스가 주저앉는다. 잘못 놀린 입 때문에 눈앞에서 행복을 잃은 기분이다.

하켄 백작령은 요즘 분위기가 흉흉하다.

영지전에 나섰던 하켄 공작과 둘째 아들 베르나르가 목숨을 잃었고, 수많은 병사가 실종됐다.

그 즈음 수도로부터 칙령이 내려왔다.

공작위에서 백작위로 강등한다는 것과 영지의 3분지 2를 로이어에 영구 할양하라는 것이 주된 내용이다.

이것 이외에도 백작으로 강등되었음으로 국법이 정한 숫자 이상의 기사와 병사 모두 국경수비대로 보내라는 내용도 있다.

그와 동시에 사방에 산적이 들끓기 시작했다. 치안을 유지할 병사수가 급격하게 줄어든 결과이다.

밤낮 가리지 않고 떼강도가 거리를 누볐다. 사람들은 겁을 내며 가급적 외출을 삼가는 지경에 이르렀다.

인심은 흉흉해지고 돈벌이는 시원치 않게 되었다.

옮겨갈 수만 있으면 아직은 치안이 유지되는 영주성 인근으로 가고 싶지만 그럴 수가 없다. 그곳에 당도하기도 전에 강도들에게 모두 털릴 게 뻔하기 때문이다.

리히스턴 자작의 저택이 있는 동네는 비교적 안전했다.

마법사인 자작을 건드려서 좋을 게 없기 때문에 이곳에선 강도질이 덜한 때문이다.

그런데 이제 아무도 없다. 자작은 본인의 재산을 다 가지고 갔다. 저택에 남은 건 하만스와 자작이 퇴직금 조로 주고 간 약간의 금전이 전부이다.

"흐흐흐! 나 이제 어떻게 해. 크흐흐흐!"

하만스는 통한의 눈물이라도 쏟고 싶은 심정이다.

이때 누군가가 음침한 괴소를 터뜨린다. 방금 퍼진 따끈따끈한 소문을 듣고 온 이 동네 왈패 우두머리다.

"크크크! 진짜로 다 갔단 말이지? 좋아, 좋아! 얘들아! 안에 들어가 쓸 만한 건 모두 챙겨라!"

"네, 형님! 근데 현관에 있는 저자는 어찌합니까?"

"어쩌긴, 싹 벗겨."

"크크! 알겠습니다. 홀랑 벗겨 알몸으로 쫓아내죠. 가자!"

"네!"

일단의 무리가 조금 전까지 리히스턴 자작이 머물던 저택 으로 난입해 들어갔다.

"아앗! 누구냐? 누가 감히 저택을 침입하느냐?"

"뭐해? 저 자식부터 홀랑 벗겨!"

"네, 형님!"

"네 이놈들! 여기가 어디라고 감히……!"

퍼억—!

"크윽!"

우당탕탕—!

퍽, 퍽, 퍽퍽퍽!

"캑! 크헉! 아악! 끄악!"

하만스는 왈패들에게 집단 폭행을 당했다.

그리고 잠시 후, 정말 완전한 벌거숭이가 되어 저택 밖으로 내동댕이쳐졌다.

마음 한번 잘못 쓴 죄치고는 너무나 크게 당하는 듯하다.

그런데 이를 지켜보던 동네 사람들은 전혀 그렇다 생각지 않는 모양이다. 어느 누구도 나서서 도우려 하지 않았다.

평소 거만하기 이를 데 없이 굴었고, 어려움에 처한 이에게 단 한 번도 온정을 베풀지 않은 결과이다.

하만스가 정신을 차린 건 어둑어둑해진 후이다.

그사이에 저택은 먼지만 남았다. 왈패들에 이어 동네 주민들이 샅샅이 훑어간 때문이다.

『전능의 팔찌』 31권에 계속…

FUSION FANTASTIC STORY

HUNTER MOON

헌터 문

이훈 장편소설

보름달이 떠오르면 밤의 사냥이 시작된다.
헌터문(Hunter-Moon), 사냥꾼의 달.

귀계의 밤이 열리며 저물지 않는 달이 떠올랐다.
실체 없는 힘을 좇아 명맥을 이어온 퇴마사들,

이제 그들로 인해 세상이 뒤바뀐다.
[미녀들과 귀신 탐험대]의 사이비 퇴마사 예웅종과
그의 가족들이 펼치는 좌충우돌 퇴마기.

"퇴마사는 얼어 죽을! 그거 다 쇼야!"
"저기 하늘에 구멍이 뚫렸는데요?"
"으잉?"

Book Publishing CHUNGEORAM

유행이 아닌 자유추구-
WWW.chungeoram.com

허담 新무협 판타지 소설

FANTASTIC ORIENTAL HEROES

수선경

작은 샘이 바다로 모여들 듯,
만류의 법이 하나로 회귀하듯,
다섯 개의 동경이 드디어 하나로 모인다.

검을 만드는 사람과
검을 쓰는 사람,
그리고 검을 버리는 사람의 이야기!

천명을 타고 태어난 **청풍**과 **강검산**
그리고 혈로를 걸어온 살수 **타유**,
그들이 다섯 줄기의 피의 숙명과 마주한다.

Book Publishing CHUNGEORAM

유행이 아닌 자유추구 -
WWW.chungeoram.com